JN068297

El Sur

Adelaida García Morales

新装版

エル・スール

アデライダ・ガルシア＝モラレス

野谷文昭｜熊倉靖子＝訳

インスクリプト

INSCRIPT Inc.

目次

"El Sur" by Adelaida García Morales
in *El Sur & Bene*, 1985 by Adelaida García Morales
Copyright © Editorial Anagrama S. A., 1985
Japanese translation rights arranged with Editorial Anagrama, S. A. through Japan UNI Agancy, Inc., Tokyo.

エル・スール

私たちは影でないものなど愛せるだろうか？——ヘルダーリン

明日夜が明けたら、お父さん、すぐにお墓参りに行きます。人の話だと、墓石は割れ目から雑草が伸び放題で、花が供えられることもないようです。あなたのお墓を訪ねる人などひとりもいません。母さんは故郷へ帰ってしまったし、あなたには友人がいなかった。噂によると、とても変わった人だったと……。でも、私は決して変わっていたとは思わなかった。あの頃、私はこう思っていました。あなたは魔術師で、魔術師というのはいつも深い孤独をかかえているものなのだと。たぶんそれで、町から二キロも離れた野原の真只中にぽつんと建つあの家を選んだのでしょう。あれは私たちにとって大きすぎる家でした。もっともそのおかげで、あなたの妹のデリア叔母さんがやって来て、しばらくのあいだ滞在することができたのです。あなたはデリア叔母さんがあまり好きではなかったけれど、逆に私は彼女が大好きでした。家にはお手伝いのアグスティーナ用と、あなたが嫌っていたホセファ用の部屋もありました。そのホセファが家に来たときの姿が今でも目に浮かびます。服は黒ずくめでくるぶしまで届く長いスカートを履き、縮れ髪をあの黒いベールで覆っていました。まだ年寄りでもないのに、そう見せようとしているようでした。あなたは彼女がこの家で暮らすのには反対でした。母さんは言いました。「あの人は気だてがいいのよ」。それでもあなたは心を動かさず、その手のことを信じようとしない。「とても苦労しているの……」、母さんは付け加えました。夫はアルコール中毒で、暴力を振るっては彼女に身を売るように強いていたのです。そんな不幸な身の上にさえあなたの心は揺らがない。けれど彼女は一日延ばしに家にいつき、あなたの方もあえて彼女を追い出しはしませんでした。それから数年後、あなたが亡くなってまだ間もないというのに、母さんをそそのかして、家にあったあなたの写真を一枚残らず破って捨てさせたのはホセファでした。でも、あなたの姿を正確に思い出すのに、写真なんて必要ありません。そして今、今夜のような静けさのなかで、もはや存在しないあなたの顔がくっきり目に浮かぶのは、どんなに怖いことか。生命を吹き込まれたあなたが今も見えるばかりか、永遠に消えてしまったはずの声さえ聞こえてくる気がするのです。ブロンドの髪や青い瞳を思い出し、あなただけが見せるあの微笑みがこうして記憶に甦るとき、私に見えるその瞳はまるで子供の瞳のようです。あなたには、どこか清らかで明るいところがあると同時に表情には悲しげなところがあり、歳月とともにそれは、深い苦悩から和らぐことのない険しさへと変わっていきました。

あの頃私は、あなたの過去について何も知りませんでした。あなたは自分自身のこともあの家族のことも決して口にしなかった。私にとってあなたは謎の存在で、どこかよその土地、私も一度だけ訪れたことがあって、夢の中の風景のように思い出す、そんな伝説の都市(まち)からやって来た特別な人でした。そこは、太陽が普通とは違う輝きを放つ幻想的な場所で、得体の知れない情熱に突き動かされたあなたは、その土地をあとにすると二度と戻ることはなかった。あなたが自ら選んだ死のことを、あのとき私がすでに十分理解していたなんて、あなたには分からないでしょうね。だって、肌の色は母さん譲りだけれど、顔立ちだけでなく、絶望に身をゆだねることのできる資質、とくに自分だけの世界に閉じこもる資質はあなたから受け継いだのですから。今でも自分を取り巻く孤独が大きくなればなるほど、私は気持ちが落ち着くのです。それでもあの夜は、本当に独りぼっちになったという気がしました。あなたが姿を消したあのときに、家を包み込んでいた深い闇を、決して忘れることはないでしょう。私は十五歳で、自分の部屋の窓ガラス越しに外を眺めていました。外は何ひとつ動く気配がなく、あの絶望感の漂う静けさのなかで、雨音が聞こえていました。そして、背後のわずかに開いたドアの向こうから、ホセファの声が洩れてきました。「だめよ、テレサ。こんなときに泣いたってなんにもならないわ。主はいつだって情け深いの。だから、あの人の魂を憐れんでいただくように祈りましょう」。母さんは黙っていたけれど、たまらなくなったのでしょう、すすり泣く声がにわかに嗚咽に変わりました。私は音を立てないようにしました。母さんが私には眠っていてほしいと思っていることは分かっていたからです。みんなが私の部屋の前を何度も通っていきます。誰もがすでに知っているその事実を否定してくれるような何かが見つかることを願うかのように、家中をくまなく歩き回っていました。

私は窓のブラインドを閉めて明かりを点けました。私たちがあなたの帰りを待ってどのくらい時間が経ったのか知りたかったのです。そのとき、ナイトテーブルの上に、漆塗りの黒い小箱にしまってあるあなたの振り子を見つけました。その振り子はまるで夢の中から、そう、子供時代をあなたと一緒に過ごした、時間が存在しないあの魔法の空間から現われ出たようでした。私は、振り子がもはや意味を失なったかのように、何を占うでもなく、ただ揺れているのを眺めていました。その振り子が、私がこの世に生まれる前から存在していたことを思うと、身震いしました。というのも、あなたはその振り子の助けを借りて、生まれてくる私が女の子であることを言い当てたからです。あの頃、私はあなたがそなえていたその不思議な力だけでなく、あなたにまつわるすべてのことに憧れていた気がします。自転車に乗ってゆっくり近づいてくるあなたが遠くに見えると、出迎えようと道に飛び出したり、走っていったりしたあのときの胸のときめきを、決して忘れはしないでしょう。黒い豆粒にしか見えないのに、あなただと分かるのは私だけでした。あなたは学校でフランス語の授業を終えて帰ってくるところでした。その仕事のために私たちはあの土地で暮らしていたのです。あなたは自分の生まれ故郷のセビーリャにも、母さんの故郷のサンタンデールにも帰ろうとしなかった。母さんが口癖みたいに言っていたように、周りに何もないあの土地を離れ、人の住んでいるところで暮らすことが母さんの唯一の望みだったのに。門の鉄の扉を開けてあなたが来るのを待つとき、いつにも増してすがすがしい空気を吸い込むような気がしたものです。私がひとりで外に出してもらえるのはそのときだけでした。ときにはあなたを待っているあいだに、樹から落ちたイナゴマメの実を拾って食べることもありました。私はあの実が大好きだったけれど、よその場所では食べたりしなかった。雨が降る中であなたを待っていたこともあります。でも天気がいいと、自転車のフレームに乗せてもらい、一緒に近所をひと巡りしましたね。今思えば、あの出迎えのときが一日の中で一番幸せな時間でした。そう言えば母さんが午前中教えてくれる勉強も大好きだった。私は母さんが教えてくれることならなんでも興味を掻き立てられました。あの人が私に一番優しくしてくれたのは他でもないその時間でした。きっと教えることが天職だったのでしょう。でも、内戦で教員の資格を奪われ、私を相手に教えるしかなかったのです。それにひきかえ、私を教えるとき以外は、庭の手入れをしたり、自転車に乗ったり、縫い物や刺繍をしたり、また本をたくさん読んだりと、自分のしたいことに大部分の時間を当てていたにもかかわらず、あらゆることに苛立っているという印象を受けました。ときには何かを書こうとしているようだったけれど、完成させたことはありませんでした。それから、家事をとても嫌っていました。私が小さい頃の母さんの思い出はほんの少ししかありません。まるで部屋に閉じこもったり、遠くまで散歩に出掛けたりして、しばしば家にいなかったかのようです。でもホセファが来てからは、いくらか姿を見せるようになりました。食事のあと、二人が、裁縫をしたりコーヒーを飲んだりしながら、おしゃべりをしていたのを思い出します。私も大抵はその場にいたのに、二人には私が目に入らないようでした。彼女たちが生み出す空気の中には、私自身が抱いていたイメージとは異なるあなたのイメージが漂っていて、異なっているにもかかわらずそれが私の中で具体的な形を取りはじめ、私を悲しい気持ちにさせました。それはあいまいな何かで、二人の会話、彼女たちが知っているのに私には分からないすべてのこと、あるいはあなたの魂が救われるようにと、ロザリオの祈りが終わると必ずみんなで唱えるあの毎日の主の祈りなどに窺えるのでした。ひどく辺鄙な場所にあるあの家に閉じ込められた母さんは、あなたに強いられたその生活にいつも不満を洩らし、ときにはそのことで泣くのを見たこともあります。あなたの話になると、ホセファは決まって最後にこう結んだものです。「すべての原因はあの人に信仰が欠けていることにあるんだわ。だから不幸になるしかないのよ」。母さんとホセファのあいだでは、あなたは人の理解を超えた、測り知れないほどの苦しみを背負った人間のように語られていたのです。あなたがいないときに彼女たちから植えつけられたそのイメージのために、私もまたひどく辛い思いをするようになりました。それでも、そのことについてあなたには何も訊く気にならなかった。なぜならいつも優しく輝きに満ちたあなたがいれば、彼女たちがあなたの人柄の中にあると言ったあの恐ろしい影なんて、忘れることができたからです。

昼下がり、あなたと離れてひとりになると、あなたには気づかれないように、書斎の閉ざされた扉の前をうろついたものです。そこは誰も入ってはならない場所でした。掃除に入られるのさえあなたは嫌がりましたね。母さんは私に説明してくれました。あの秘密の部屋は開けてはいけないの、あそこは父さんにそなわっている魔法の力が溜まっていく場所なのだから、と。誰かが入ると、その力が失なわれてしまう可能性があったのです。隣の居間のソファーに座って、私さえも開けるのを禁じられていたあの扉を、暗がりの中でそっと見つめていたことが何度あったでしょう。あなたに気づかれないよう、身動きひとつしませんでした。目をつぶり、部屋の中から洩れてくるどんな音も聞き逃すまいと、じっと耳を澄ませるのです。私には無限に感じられるその時間、あなたはそこで振子を揺らしていました。辺りは完全に静まり返り、かすかな物音さえ聞こえなかった。ときにはこっそり近づいていき、扉に触れないようにしながら、鍵穴から中を覗いてみたこともあります。すると自分の心臓の音が聞こえるほどでしたが、それでもあなたの姿はまるで見えなかった。あるとき、あの魔法の力が目に見えるのかどうか、母さんに訊いたことがあります。すると母さんは、いつだって見えてはいけないの、だって神秘なものなんだから、もし見えてしまったら神秘じゃなくなるでしょ、と答えました。目に見えないもの、実際には存在しないもののおかげで、私が子供時代を通じて、最も凝縮された確かな時間を生きることができたのだと思うと、とても不思議な気がします。あなたが考えついた、あなたと私の二人だけのゲームに夢中になって、庭で過ごした時間を思い出します。どんな物でも私が隠すと、あなたは振り子を使ってそれを見つけ出すのです。小さい、ほとんど目に見えないくらいの物を探そうと、どんなに私が必死だったか、あなたは知らないでしょうね。パン屑をバラの木の根元にあった石の下に隠したり、噴水池の濁った水に花びらを一枚浮かべたり、私だけが見分けられるありふれた小石を、あなたの後ろでそっと滑らせたりしたものです。でもあなたを困らせようとしたわけではありません。絶対に見つかるはずがないと思った物でも、あなたが必ず探し当ててしまうのを確かめては、なんてすごいんだろうと感心していたのです。振り子が指し示す方角にあなたがゆっくり動き出し、私がこっそり選んでおいた場所にだんだん近づいていくのを眺めているうちに日が暮れてしまうこともたびたびありました。そんなとき、庭に満ちていたあの静けさ、完璧なまでの静寂に身を沈めていると、その庭は、私の目の前で夢の場所に変わっていくのでした。

驚くべき奇蹟の数々を起こしたのは聖人だと信じていたホセファは、彼らの伝記をよく大きな声で読んでくれたけれど、まさかその奇蹟をあなたも実際にやってみせたわけではないでしょう。でも、たとえ大したことではなかったとしても、私にとっては目を見張るようなことが、あなたには確かにできた。だって、他の人たちがいるあの現実とは違うもうひとつの現実を見せることにより、私の目の前で奇蹟を起こしてくれたのですから。そして私は、あなたの娘なのだから、あなただけが持っているように思えたその力を、自分も受け継いでいるのではないかと、たびたび考えました。ある日、その疑問を直接あなたにぶつけたのです。「どうかな。試してみなけりゃ」、あなたはそう言いました。「いつ」、私は興奮して訊きました。「明日だ」、あなたは重々しくきっぱりと答えました。

目を閉じると、この長い廊下をあなたが私の手を取って連れていってくれた日のことがありありと浮かんできます。今、そこはペンキの禿げた壁と壁のあいだをすき間風が通り抜け、きちんと閉まらなくなった窓から忍び込んだトカゲがうろつき回っています。日が落ちる頃、あなたがいつもこもっていたあの家の中のもうひとつの世界に着くと、少し待つように私に言ったのを覚えています。真っ暗なので、あなたが先に入って明かりを点けなければならなかったのです。こうして私たちはあなたの書斎に入りました。わずかに開いていたよろい戸から、夕暮れの最後の光が差し込んでいました。あなただけのものだったその部屋にいると、空気がただの空気ではなくなり、目には見えないけれど肌に感じる何かが加わった、重い冷気のようなものに撫でられ、それに包まれている気がしました。あなたは私にあれこれ説明する必要がなかった。私にはもう振り子の持ち方が完全に分かっていました。あなたがそれを使っているところを何度も見ていたからです。ところが、手にした振り子は、人差し指と親指で鎖をつまんでも、微動だにしないので、私はがっかりしました。私だと決して動かないのではないかと心配になってきました。するとあなたはささやくように言ったのです。「今度はこの時計の針を隠してみよう。自分で探してはだめだ。振り子が方角を教えてくれるまでじっと待つ。大事なのは何も考えないことだ。頭の中をからっぽにして、気持ちを楽にする。そのとき初めて、お前の体を通して力が現われ、振り子を動かしてくれるんだ」。あなたは明かりを消しても、やさしくささやき続け、その声が私の心に満ちていきます。すると私は心臓がどぎまぎしてきて、呼吸が乱れ、体が震え出すのを感じました。それからあなたがまた明かりを点けて、もう針を隠したよ、と言ったとき、あなたがやるのをずっと見てきたとおり、私は目を細め、振り子を見つめました。けれど、びくりとも動きません。でもどんなに時間がかかろうと、力が現われてくるまで、まばたきもせずにじっとしている覚悟でした。いつものささやくようなあなたの声が聞こえてきます。「お前の気持ちが落ち着いたときに、金の針は見えてくるよ。まるで世界にはそれしか存在しないみたいにね」。ところが、ついに動き出した振り子を見つめ続けているのに、何も見えてきません。私はいつの間にか無心になっていました。自分の呼吸の音は聞こえず、激しい鼓動ももうおさまっていました。あるのは目の前で揺れるあの振り子と、後ろから聞こえるあなたの声だけです。振り子が示す方向に何歩か歩くと、振り子の揺れがだんだん大きくなっていきます。私は立ち止まり、その動きをふたたび観察してみました。相変わらず同じ方向に揺れ続けています。あなたの声を聞きながら前に進みました。「ゆっくり。ゆっくり。そこでもう一度止まって」。どのくらい時間が経ったでしょう、何度か立ち止まったあるとき、かろうじて分かる程度だったけれど、振り子の動きが変わりました。そしてとうとう回り出したのです。私は言葉も出ませんでした。今まで経験したことのない深い感動に全身がわなないていました。振り子は激しいほどに回っています。そこで私は下を見ましたが、振り子が示しているのが何もない場所であることが分かり、がっかりしました。それはただの床石だったのです。「なんにもないわ！」私は叫びました。あなたはいくらか不機嫌そうな顔をして近づいてくると、叱るように言いました。「それはお前が考えたことだ。振り子が教えた場所を探しなさい」。私は言い返すこともできず、機械仕掛けの人形みたいにしゃがみ込んでしまいました。そのとき私の裡で、そして外で生じたことをどう表現したらいいか。自分を取り巻く何もかもがすっかり変わっているように思えたとき、私は指で金の針をつまんで立ち上がっていました。何もないように見えた床の、敷石のすき間に見つかったのです。

それから間もなく、私は七歳になりました。でも誕生パーティーを開くことができなかった。招待する友だちがいなかったからです。どうしてあなたが私をカトリック系の学校にやるのにあれほど頑なに反対したのか、その理由が分かりませんでした。母さんがその手の学校を探してきても、あなたは見にいくことさえしなかった。私は修道女（シスター）になんの反感も持っていませんでした。修道女なんてひとりも知らなかったし。でもどこでもいいから学校に行きたくてしかたがなかった、いえ、それよりもあなたは私が何に憧れていたと思いますか？　たまにしか連れていってもらえなかった町で見かけるたくさんの女の子たちが着ていた、あの制服を着るのが夢だったのです。襟が白くて硬い、腰にはサーモンピンクのベルトのついたあの黒い制服を着るためだったら、何をひきかえにしてもいいと思ったほどです。とりわけ憧れていたのが、黒いあのケープと、狭いつばの付いた丸い帽子でした。自分が実際にあの子たちのひとりになって、みんなと同じ格好をしているところを想像するのが大好きでした。空想の中で私にはいつも別の名前がありました。そしてあの子たちの仲間になるには、マリ・カルメンという名が一番ふさわしいと考えていました。なぜなら、アドリアナという自分の名前は私をみんなとは違う特別の人間にしてしまう気がしたからです。学校に行かせてほしいと、なぜあなたに一度も頼もうとしなかったのか分かりません。私がすっかり乱暴で手に負えない子になってしまったと決めつけて愚痴をこぼす母さんに、あなたがすごい剣幕で言い返していたので、たぶんそのせいだったのでしょう。私を学校に行かせるかどうかで二人が言い争い、母さんが怖がって叫ぶのを聞くたびに、私はいたたまれない気持ちになりました。母さんは、自分の心を掻き乱すような何か恐ろしいものが、実際に私の中に巣喰い始めたかのように話していましたから。ときにはあの人の言葉を思い出すだけで涙が溢れ、顔を合わせるのを避けたくらいでした。彼女への憎しみを露わにしたことも一度ならずあります。でも同時に憧れも抱いていたので、町での買い物や散歩から帰ってきて、気まぐれにキスをしてくれたときなど、心から幸せな気持ちになりました。母さんを包んでいた香水のほのかな匂い、ブレスレットのチャラチャラ鳴る音、なめらかな肌、そしてそっと触れようとしても一度も果たせなかった黒い巻き毛、それらとひとつになって、あのキスをいま鮮やかに思い出すのです。

七歳の誕生日は内輪だけでお祝いしました。特別のおやつが出ただけでなく、それより前、午後の早い時間に、映画を見にいきました。でも期待していたのとは違って、母さんやあなたとではなく、ホセファとアグスティーナと一緒でした。映画を見にいったのはそれが二度目です。映画はホセファが選びました。というのは聖女の物語だったからで、ジャンヌ・ダルクが主人公でした。私はその主人公にすっかり感動し、すぐさま彼女になりたいと思いました。何日ものあいだ、私が話すことと言えば、ジャンヌ・ダルクのことばかりでした。私は想像の中で主役になり、その聖女が生涯に経験したのと同じことを演じて、ひとり遊びをしたものです。

たぶんそれで、母さんが私を閉じ込め、悪魔でも見るような目つきで私を見たあの日の午後、当然のように私のものだと思っていたその役を、マリニエベスに横取りされてしまったことが、私には我慢ならなかったのです。あの日、あなたがあの子に会ったかどうかは分かりません。というのもあの子が母親と一緒に家に来たとき、あなたは挨拶にさえ出てこなかったから。本当のところ、母さんだってその二人をそれほどよく知っていたわけではありません。でも母さんは私がいつも独りぼっちなのをひどく心配して、誰か友だちを見つけてくれようとしたのでした。

最初は来てくれたのが嬉しくて、私は庭で二人きりになるやいなや、ジャンヌ・ダルクごっこをやろうと提案しました。あの子もその映画を見ていました。「私がジャンヌ・ダルクよ」、あの子は偉そうに言いました。もちろん私はすぐに抗議しました。だって何日も前から私はずうっとその聖女だったのですから。さらに、その遊びを考えたのは私だと言ってやりました。でも譲らざるをえなかった。あの子は自分が主人公でなければ遊ばないと言い張るのです。

必要なものを集めてくると、私はあの子を木の幹にしっかり縛りつけて、枯れ草や乾いた枝で足元を囲み、そこに紙をたくさんつめ込んで、マッチを擦ろうとしました。マリニエベスは私のすることを不信な目で見守っています。彼女は何か言いながら役を演じ始めたけれど、私は聞いてはいなかった。ひどく腹を立てていたので、彼女の科白にこたえる気などなかったのです。ついに私は枝に火を点けました。炎がちろちろ燃え上がり始める頃には、あの子は途方にくれて泣いていました。「ジャンヌ・ダルクになりたかったんでしょ」、私はあの子に向かって叫びました。「だったら今、あんたは聖女になるのよ、でも本物の聖女にね」。家にいた女たちが一斉に飛び出してきました。みんなは激しい口調で私を罵り、入り乱れた声に混じって、マリニエベスを慰める優しい声が聞こえました。ようやくその騒ぎが治まると、母さんは面と向かって私を叱る値打ちなどないかのように、私のことを、まるで他人扱いするような調子で友だちに話していました。「いったい私が何をしたっていうの、こんな娘を授かるなんて」。嘆くような声で誰にというわけでもなくそう言いながら、私を家の中に引きずり込むと、こちらの方を見向きもせずに、窓ひとつないがらんとした部屋に私を放り出しました。まるで私を罰するためにだけあるような部屋でした。扉に鍵を掛け、私を闇の中に置き去りにして母さんが行ってしまうと、私は床に寝そべり、扉を両足で突っ張りました。そして足をばたつかせながらわめき続けたのです。誰かに助けてもらおうとしたのですが、相手はあなた以外にはありえませんでした。そのうちようやくあなたは姿を見せ、ハンカチで涙を拭おうとしてくれました。でも涙は出ていない。私がわめいたのは激しい怒りのせいでした。「どうしてあんなことをしたのか、さあ、話してごらん。あの子が火傷するかもしれないのが分からなかったのかい」。とても真剣な口ぶりでしたが、声の調子が優しかったので、私はあなたに抱きつき、気持ちが楽になったのでした。あなたがいてくれるだけで、母さんの視線を浴びると私の裡で頭をもたげるのが分かるあの悪魔と、なんとか折り合いをつけることができました。あの女（ひと）の眼差しは、あの恐ろしいイメージをひたすら映すだけの鏡のようでした。そして私はそのイメージを自分でも信じ始めていたのだけれど、あなたには私をそのイメージから救い出す力があったのです。

何日ものあいだ、誰も私に話しかけようとはせず、あなたさえも心ここにあらずで、私のことなど忘れているようでした。ホセファは私に挨拶の言葉すら掛けてくれず、母さんは間違いなく私を無視する振りをしていました。私はあの女（ひと）たちをうまく避け、逃げ込める場所をあれこれ見つけようとしたのですが、いつも行き着くのはアグスティーナのいる台所でした。彼女は企みに関わっていなかったからです。私はあなたもその企みに加わっているんじゃないかと不安になりだしていました。だから、それが私の思い違いだと分かったとき、どんなに嬉しかったことか。ある日の午後、あなたは私を探しに庭に下りてきました。「何してるんだ」。「別に」と私は答えました。「噴水の水を見てるだけ。何もしたくないんだもん」。「だったら、元気を出すんだ」とあなたは言いました。「近いうちにうんと働いてもらわなくちゃならないからな」。それから、何やら意気込んで、知り合いの土地へ連れていってやると告げました。その土地は水が出るのか、出るならどこに水脈があるのかを占ってほしいと頼まれていたのです。あなたが私にも一役買わせるつもりでいたその儀式には、それまでにも何度かお供をしたことがありました。でも私の手助けなどほんの飾りにすぎないことは分かっていたので、決して踏み越えることのできない隔たりを感じながら、賞賛の思いであなたを見つめていたものです。それが今度こそは、その儀式で本当に手伝ってほしいと、あなたに言われたのです。私が振り子を使って、水が出る場所を見つけるのです。突然、私たち二人だけの、特別の世界が存在していることに気づきました。あのときほど、あなたを近く感じたことはありませんでした。矛盾するけれど、慣れ親しんでいると同時に魔法にも似た、あの仕事をあなたと一緒にするというだけでなく、私たちに共通するのが悪という要素であることによっても、あなたと私は一心同体という気がしていました。なにしろ、あなたは家の者たちや客の目には、他の人とは違う変わり者、地獄に堕ちるべき人間と映っていましたから。それで少なくともあなたの魂だけは救われるように、祈りが必要だったのです。私もある意味ではこちらの類に属していました。母さんの声が私を〝怪物〟と呼ぶのが聞こえ、あの女（ひと）の言葉を借りれば、私の行く末を考えると不安になる、という思いが伝わってくるのでした。ホセファの人を探るような目つきや、罰を受けた私に、おやつや眠る前のミルクを持って来てくれるアグスティーナの表情から、私は自分がよくない人間なのだと思い知らされました。そんなときアグスティーナは、私をあえてひとりにするでもなく、と言ってべったり付き添うでもなく、黙って私の部屋に残っていてくれました。もう誰も——あなたさえも——私におやすみの言葉を掛けにきてはくれなくなっていました。たぶんあなたは、私の知らない何か他のこと、思い切って訊けずにいたあの苦しみに、絶えず心を奪われていたので、どんなに私があなたにすがりたい気持ちでいたか、そしてあなたが無条件で私を愛してくれるたったひとりの人なのだと、どんなに私が思っていたかが、あなたには最後まで分かってもらえませんでした。だからこそ私も、あなたがひどく感心するほどのあの忍耐力を持つことができたのかも知れません。練習のあいだ、ゆっくりと流れる重苦しい時間に耐えながら、私は振り子の鎖を持ち続けました。どんなにがっかりしても、どんなに疲れても平気でした。だってあなたが、しまいには私も自信が持てるようになると信じて、傍にいてくれたからです。

その土地に出掛ける前の晩に、あなたにこう訊いたのを覚えています。「もし、私が見つけられなかったら?」「だったらその土地は水が出ないってことだ」、あなたにそう言われ、自分はこの世で誰よりも優れているのだと思え、自信が湧くのを感じました。

まだ夜が明ける頃だったけれど、あなたが呼びにきてくれたときには、もう目を覚まして待っていました。一晩中ほとんど眠れなかったのです。辺りが白んできた中を二人は出掛けました。朝の風は冷たくて、頬を切られるようでした。私がマフラーを忘れたので、あなたは自分のマフラーを取り、私の顔に、目のところだけを残してぐるぐる巻きつけてくれました。門の鉄格子の向こうで二人の男が私たちを待っていました。彼らは私たちを黒い車に乗せ、ほとんど草木の生えていない土地に連れていきました。私を見ても変だと思わないようなので、これから水を探すのがこの私であることを知っているのかどうか、疑ってしまいました。でも私にはおかまいなしに洩らした抗議の言葉から、彼らは知らされていなかったばかりか、ひどく機嫌を損ねていることがすぐに分かりました。あなたが彼らのことなど気にも留めずに手袋をはずすと、コートのポケットからなんの変哲もない物のように振り子を取り出す様子を、私はじっと見ていました。あなたの仕種は私の気持ちを落ち着かせました。いよいよ私の出番というときになって初めてあなたは私の名を披露しました。「名前はアドリアナ、スペインで一番若い占い師だ」。あなたはとても機嫌がよく、彼らもその言葉に思わず頬をほころばせました。けれどそのあとすぐに沈黙したことから、私を信用していないらしいことが分かりました。私は振り子をつまむと、自由に操れるところを見せてやろうとしたのですが、あの人たちの視線を浴びると、完全に負けた気がしました。気持ちを集中させようとしたとき、自分が震えているのに気づきました。そこで彼らのことは忘れようと目を閉じた。すると救いの手を差し延べるあなたの声が聞こえたのです。それは優しい調べのように私の心に沁み渡り、雑念を取りはらい、心配を掻き消してくれました。そして私の耳元に届くあなたの言葉のあの温かい響きがしだいに薄れ、完全な静けさが訪れたとき、体から重みが消えて全体が空気のようになり、心はすっかり落ち着きを取り戻していました。目を開けると、何もかもが途方もなく穏やかで身近に感じられるのです。振り子の下の方に目をやると、固い土くれのあいだに、黄ばんだ草が生えていたのを今でも覚えています。見るだけで、あらゆるものに触れる気がしました。振り子はすでに揺れ始め、私たちは完全な静寂の中にいました。そこで、すでに経験しているあの儀式に身をゆだね、振り子が示す方向に歩いたり、あなたの指示にしたがってときどき立ち止まったりしているうちに、ついに期待どおり、振り子がぐるぐる回り始めたのに気づきました。最初はゆっくり、しまいには大きく激しく回っていました。そこで私は顔を上げました。男たちは好奇と驚きの目で私を眺めています。彼らを怖がる気持ちはもう消えていました。彼らをじっと見据え、まるで何かの争いで打ち負かしたかのような調子で、他ならぬ私の足元に彼らの望んでいる水脈があることを告げてやりました。誰も何も言いませんでした。たぶん、とっさにどう反応すべきか分からなかったのでしょう。というのも、あなたは私の発見を一瞬も疑わず、どれくらい深く井戸を掘れば水が出るか測り始めたからです。

　私は有頂天になり、ほとんど色がなく、草木も生えない、あの平らで不毛な土地がとても美しく見えたことを覚えています。私の発見が正しかったことをあなたが教えてくれるのはそれから何週間もあとのことですが、私はもうそのときに自分の成功を確信していました。でも、あの成功は結局あなたと私だけの秘密になりました。なぜだか分からないけれど、私はそのことを母さんにも話さなかった。今やあの力を二人がそなえているからといって、あの女（ひと）がそれほど感心してくれるとも思えなかったし、ときにはその力にまるで興味がなさそうに見えることもあったからでしょう。おまけにあの頃、私に話すことと言えば、初聖体拝領のことばかりでした。だけど前にあなたが教えてくれたことと同じようには興味が持てなかったので、私は自分の性向を母さんに知られるのではないかと心配したものです。もっとも、あのとき町で仕立ててもらっている最中で、何度も試着し、それを見たあなたが女王様用だと言ったあの素敵なドレスを早く着たくてしかたなかったことを私は隠そうとは思いません。今思えば、その日を迎える準備はあまりにも退屈でした。ドレスのこと以外には夢中になれないのに、私の信仰の指導者になろうとしていたホセファは、来る日も来る日もその準備を私に押しつけるのです。わけが分からないまま教理問答を暗記させられるのには我慢できなかった。とくに、ホセファが良心のテストと名づけた、基本的には取るに足らない私の行為さえ疑うことから成る拷問まがいに私は腹が立ちました。初聖体拝領を受ける前に告白しなければならない罪をしつこく思い出させようとするのです。「マリニエベスを殺したかったの？　火あぶりになるって分かってたの？」起こったかも知れない出来事を毎日思い起こさせようとするので、もちろん望んだことなど一度もないのに、かわいそうな少女が炎に包まれて死んでいくところが目に浮かび、私自身恐怖でいっぱいになるのでした。彼女が浴びせる問いに私は傷つき、不当に咎められている気がしました。でも、そんなつもりじゃなかったとは言えなかった。私のしたことがもはやすべてを物語っていたからです。それ以上耐えきれなくなるたびに、私は黙り込み、彼女から逃げ出すのでした。

ホセファは私にとても厳しく当たりました。ただし今思うと、彼女はいつもそんな風で、自分自身にさえも厳しい人ではありました。あなたは彼女をほとんど相手にしなかった。話をしても、せいぜい二言か三言、言葉を交わす程度でした。それもそのはずで、あなたのいるところでは誰もめったにおしゃべりなんてしなかった。あなたはぴんと張りつめた沈黙を周りに強いていましたから……。ときには母さんと幸せそうにしているのを見たこともあります。二人で外を散歩したり、チェスをしていたときです。いつ終わるともなく、無言のまま続くそのゲームにはひどくうんざりさせられたものでした。あとになって、ホセファと内緒話をしながら母さんが愚痴をこぼすのが聞こえてこなかったら、少なくともあのときは二人ともまあまあ幸せだったと言えるでしょう。母さんはあなたがしゃべらないのをこぼしていました。共に過ごした平穏な時の思い出として唯一残っていたのが、その沈黙だったのです。母さんの友だちだったホセファは、母さんの言うことにはためらうことなく賛成していました。私はホセファを嫌い、彼女の方は、私の初聖体拝領のための精神的な準備に責任を持つようになってからというもの、容赦のない厳しさで私を裁くのでした。私は苛立ち、彼女にとっても母さんにとっても許しがたいに違いない言葉を浴びせることで、ホセファにやり返しました。なぜなら私のすることはすぐに彼女から母さんに伝わり、必ず反感を抱かせることが分かっていたからです。あるときホセファは言いました。「こんな風に苦しめ続けたら、お母さんは死んでしまうわよ」。私が黙っていると、こう訊きました。「お母さんが嫌いなの?」「ええ、嫌いよ」、私は歯を食いしばってそう答えたのを覚えています。「嫌いよ。だって母さんも私のこと嫌ってるもの。あんたも嫌いよ。あんたは魔女だわ！」聖女のように厳かで、敬われてしかるべきその女性に向けて「魔女」という言葉を口にしたとき、私はなんとも言いようのない気持ちに襲われました。そのとき私は即座に駆けだし、ホセファはそこを知っていましたが、あの安全な場所へ逃げ込んだのです。それは完全に私だけの場所で、材木や乾いた木の枝で建てるときあなたは手伝ってくれました。家の裏手にあって、あなたが亡くなってからはただひとりの住人となった私にも見捨てられながら、それでもなお幻のようにぽつんと建っていた小さな小屋です。

　あの頃、母さんは私に対してそれまでよりもさらに距離を置き、そっけない態度で私に接していました。あの女（ひと）はひどく気を悪くしたようでした。そんな態度に私は実際のところ慣れっこになっていたのですが、そのときばかりは、やり場のない嗚咽に似た、なんとも悲しい気持ちに襲われたのです。とうとう私は部屋の隅に座りこみ、つかえていたものを吐き出すみたいに思いきり泣き声を上げました。甘く、そして苦い涙が溢れました。母さんは私を見つけると、不機嫌そうに訊きました。「どうして泣くの」、私の答はいつも同じです。「だって泣きたいんだもの」。でも私のところへやって来るのがホセファなら、彼女はすかさず決まり文句のひとつを私に投げつけるのでした。「いつまでもそうしているといいわ、そのかわり……」。反論もできないほどの強い非難を込めたそのあいまいな言葉に、私は怒りのあまり黙り込んでしまうのでした。

そしてついに、私の行動や考えを四六時中詮索しては、罪を暴き立てようとしていたホセファのあの厚かましい態度も、終わりになる日がやってきました。あの日の朝、いろいろなことが気になって、私は緊張していました。これから手を通すことになるあの素敵なドレスのこともそうですが、初めての告解なのにまだ何を言ったらいいか分からなかったし、私を待ち受けているあの儀式によって、もしかしたらあなたが見せてくれたのと同じ力が私にも呼び覚まされるかも知れないと、突然思ったりしたからです。熱いこてで髪をカールしてもらったのですが、一瞬の不注意で額にこてが触れて火傷してしまいました。母さんは私よりもっと緊張していて、ホセファが万事を取り仕切っているようでした。アグスティーナはすでに、あなたの書斎の隣の、一度も使われたことのない食堂で朝食の準備をしていました。何もかもがお祝いの日の雰囲気を漂わせていました。

門の向こうで、タクシーが私たちを待っています。「父さんは来ないんでしょ？」母さんに半分あきらめながら訊きました。あなたが教会嫌いなのは分かっていました。「もちろん来るわ」、母さんは弾んだ声で答えました。「でも車には乗り切れないでしょ。あとから自転車で来るのよ」。私にはその言葉が言い訳がましく聞こえました。あの日は、いつもの朝のようにあなたがひとり自転車で道を走るところが想像できませんでした。ミサのあいだに何度も後ろを振り返ったけれど、あなたの姿はありません。式も終わりに近づき、みんなが外へ出ようとしたとき、あなたがひとり離れて一番後ろの列にいるのを見つけました。あなたは疲れた様子でうつむきながら立っていて、普段着のままでした。あなたはお祝いの日にそなえてはいなかったのです。でもそんなことはどうでもよかった。なぜなら、あの薄暗がりの中にいる姿を目にしたとき、あなたが何か呪いらしきものに耐えているように見えたからです。本当に地獄に堕ちるかも知れないと私は初めて不安になりました。あなたのためにそれまで飽きるほど主の祈りを唱えてきたのに無駄だったと知った私は、そのとき、神様と取引することを思いつきました。あなたが救われるのとひきかえに私の命を差し出すのです。私は十歳になる前に死ぬはずでした。もしそうならなければ、そのとき誰も私に耳を貸さなかったことになるのです。式が終わると私は、あなたに駆け寄りましたが、涙をこらえることができず、その涙は頬を伝い、ドレスにもこぼれ落ちました。心から幸せだと感じたのです。あなたは私を抱きしめ、その場で微笑みながら言いました。「女王様みたいだよ」。私はこう答えようとしました。「お父さんのために命を捧げたの。だからお父さんはもう救われたのよ」。でも何も言わずにあなたに抱きつき、一緒に外に出たのでした。

朝食のあいだずっと、母さんはとても幸せそうでした。マリニエベスが両親と連れ立って来ていたし、ごくわずかでしたが他の友だちも来てくれました。あなたは口こそ利かなかったものの、みんなと一緒にいました。でも最初にその場からいなくなったのはあなたでした。私はマリニエベスと仲直りできたような気がし、二人で散歩に出ました。あの子に例の小屋を見せたり、あなたと私でどんな風にしてそれを建てたかを話してやりました。するとあの子は私の説明を無視して尋ねました。「どうしてあんたのパパは後ろの列にいて、一緒に聖体拝領をしなかったの?」「教会にいると気分が悪くなるからよ」、あなたを非難しているとしか思えないその言葉を口にしたときの、あの子の勝ち誇ったような口ぶりに腹が立った私は、そう答えました。「そんなの嘘よ！」周囲の大人たちの噂を根拠にしていたに違いない彼女は、自信たっぷりに言いました。私はあなたに味方して、あの子にたったひとり立ち向かいながら、母さんやホセファ、たまにやってきてもあなたが挨拶に出てきもしない客たちから成る世界の全体と対立しているような気がしていました。「教会へ全然行かないんだから。無神論者の悪い人間よ。地獄に行くんだわ！」マリニエベスはまだ何か言いたげでしたが、私はもう耳を貸さず、彼女が走って逃げようとするのを阻みました。そしてあの子の髪をわしづかみにして、揺さぶりました。彼女は自分の身を守ろうとします。私は何度ぶたれても痛くなかった。どちらの方が強いか分からなかったけれど、でも私の怒りの方が激しかったことは確かです。突然、ある考えが閃き、形となって見えました。ウチワサボテンです。私の後ろ、たった二、三歩のところにそれはありました。私はマリニエベスに向かって巧みに動き、彼女がサボテンに近づくように仕向けました。倒れるのは見えなかったけれど、刺だらけの葉の上に彼女を突き飛ばしたことは知っています。あの子はジャンヌ・ダルク役を演じたときよりも鋭い悲鳴を上げました。私は女王の白いドレスを着ていました。今度ばかりは私が正しいと自分では思っていました。マリニエベスを助けようと、私の方へというより、私めがけて飛んでくる女性たちに、どう立ち向かったかを今でも覚えています。「こんな馬鹿な子、二度とここへは来させないわ」。こちらに来られないように道の真ん中に立ちはだかり、私の声と意志の力だけで彼女たちも動けなくなることを願いながらそう言ったのです、みんな慌てふためいていました。マリニエベスはすでにサボテンの葉のあいだから自力で抜け出していて、両腕をだらりと垂らし、両脚を大きく広げてゆっくりと歩きながら私たちのところへ来ました。その姿を見たら、なんだかかわいそうになりました。最初は自尊心を傷つけられたからだと思ったのですが、そうではなく、痛みと恐怖で本当に泣いているようでした。「お父さんのことを悪い人間で、地獄に行くなんて言うんだもの」。その言葉を言い終わらないうちに、私は彼女たちに弁解しなければならないのが不愉快になってきました。その中には母さんもいたのですが、みんなは私の言うことを聞いていなかった。というのは、またしても私の犠牲者となったあの少女に注意が集中していたからです。私を褒めてくれる者がいないのはともかく、私に話しかけてくれる者さえひとりもいません。その無関心ぶりは、私の心の痛みに対する最大の蔑みのように感じられました。私は庭にぽつんと残され、みんながあの子の刺を抜くにはどうすればいいいか、慌ただしく意見を次々に出し合いながら取って返すのを眺めていました。彼女たちは刺が抜けやすくなるようにオイルを塗ろうとしていました。そのとき、この世のすべての人間にとり、マリニエベスはいつでも正しいのだという気がしました。

あの日以来母さんは、私が手に負えない厄介者だとあからさまに言うようになりました。

みんなが同じことを延々と続けるために、まるで停止してしまったように感じられる長くて退屈な時が、そのとき始まったのを覚えています。子供だった私を含め、みんなにとって、毎日が同じことの繰り返しでした。それぞれに自分の決まったやり方や言い方がありました。けれども、二年経つか経たないうちに、とくに何も起きなかったかに見えるあの頃を思い出すと、実に懐かしい気がしました。というのは、結晶のように凝結したそれまでの日々のひと固まりを壊しに、さらに大きな不幸がやって来たからです。

私がもう九歳だったときのことです。セビーリャのデリア叔母さんから、私のお祖母さん、つまりあなたのお母さんが危篤だという知らせが届きました。母さんとあなたはすぐに駆けつけましたが、戻ったとき二人はまるで別人のようでした。家に帰ってきたとき、二人とも喪服を着ていて、顔が青ざめ、身も心も悲しみに包まれていました。あなたはみんなからさらに遠ざかりました。いつも自分の書斎で眠り、ときには時間をずらしてそこで食事をすることもありました。母さんは自分の部屋に閉じこもったけれど、でも眠るためではなく——というのは彼女の長い不眠が始まったのはそのときからでしたから——泣いたり、あなたを罵ったりするためでした。もう愚痴の対象は私ではなくなり、私には窺い知ることのできない他の何かが原因でした。そんなとき私は、かつてあなたに別の女性がいたことを知ったのです。でもそのことが、すでに家の中で明らかに生じていた大異変の引き金になるほど大きな意味を持っているとは思えませんでした。原因は他のこと、つまり具体的には口に出さないものの、二人が言い争うとき必ず触れる何かであることが、少しずつ分かってきました。それは解決しようのない問題であると同時に、秘密ともなっていたのです。でもあなたたちがうっかり口を滑らせたり敵意を剥きだしにしたりするので、私がいるのに気がついて突然打ち切られた会話やぴりぴり張りつめた沈黙、私には即座にそれと分かった含みのある言葉などから、二人を決定的に引き裂いた原因が、昔の女性といまだに続いていた親密な関係にあると察しがつきました。グロリア・バリェという名前を最初に聞いたのは、彼女からの手紙をあなたに読ませまいとして、母さんがあなたの目の前でそれを破り棄てたときです。蔑みの混じった気持ちで投げられたお金を物乞いが拾うような仕種で、あなたは床からちぎれた紙の断片を拾い集めました。母さんは泣きながら家から出ていったけれど、あなたは玄関から動かず、跪き、私がドアの陰から見ているのにも気づかずに、手紙の断片をつなぎ合わせようとしているのです。私は、いつかあなたが、私を置いて出ていってしまうのではないかと不安になりました。あなたは老けこんだようにも、子供みたいに無力にも見えました。私はあなたに近づいて、何ができるかよく分からないくせに訊きました。「私に何かできる?」微笑んで、私を優しく抱きしめる力が、あなたにはまだ残っていました。私はそのとき、郵便配達の人を毎日待っていようと、心に決めました。手紙を受け取り、習慣どおりに玄関のテーブルの上に置くというのが私の役目でした。とうとうグロリア・バリェという差出人からの手紙が届きました。幾重にも折ってポケットに隠しておき、あなたが門から入ってくるのが見えると、先回りして書斎に行き、机の上に置いたのです。同じことを何度も繰り返しました。あなたの共犯者を務めている気がして、それで私はふたたびあなたを近くに感じることができました。私がどんなにやきもきしながら本やノート、書類ばさみなどあらゆるものを調べ、あなたの持ち物を嗅ぎ回っていたか、分からないでしょうね。私だってその手紙を読みたくてしかたがなかった……。しまいには振り子を使うことさえしました。あなたの部屋を隅から隅まで何時間も歩き回ってみたけれど、結局何も見つかりませんでした。もうその頃には、いつでも好きなときにそこに入ることができました。家のことなんか誰も気にかけていなかったからです。母さんはあなたと同様、私に関心がなかったし、アグスティーナときたら無気力そのもので影が薄く、ホセファは尊敬する神父の説教を完璧な書体でせっせと書き写していました。

その後、手紙が来なくなり、私は少しずつ手紙のことを忘れていきました。母さんは私の家庭教師を再開しました。母さんによれば、私は彼女が人生において責任を負うべき唯一の存在だったのに、もう自分にはほとんど手のほどこしようがないとでもいうように、深い悲しみをたたえた目で私を見るようになりました。母さんはあなたを忘れようと決心し、あなたの着る物や食事のことはアグスティーナに任せました。当のアグスティーナは、ひとりの仕事にしては多すぎるとこぼしていましたが。

あの頃、まるで家の中で余計者にでもなったかのように放っておかれ、かつてないほど孤独を深めたあなたを思い出します。あなたの服はあなたに合わせて古くなり、しわが増えていきました。手入れをしない髭のせいでしばしば翳って見えるあなたの顔に、新たな微笑みが見られるようになりました。でもそれはどこかこわばった、皮肉っぽい微笑みでした。ある日、もう夜に近い遅い時間にあなたが帰ってきたのを見たことがあります。昼食を食べに戻ってくることはありませんでした。自分を待っている者なんて誰もいないと思っていたに違いありません。あのとき、あなたは門から入ってきました。おぼつかない足取りで、歩いているというよりも、体を左右の足に交互に預けているようでした。そのとき初めて、私はあなたに見捨てられた気がしました。

ある日、ホセファが出ていってしまい、そのためわずかながらも彼女が受け持っていた家の手入れをする者がいなくなってしまいました。そこで、私が庭の水撒きや雑草取りの仕事を引き受けることにし、そうすることで自分の完璧な孤独を楽しんだのです。ある大きな力が、人間と同時にあらゆる物を蝕んでいくのでした。あの頃のことでは、自分があなたたちから忘れられた存在でいたことの他に、厚く積もった埃、アグスティーナが置きっ放しにした雨漏り用のバケツに洗面器に鍋、天井の染みや剝げ落ちた壁を照らす黄色い悲しげな光、私には生き返らせることができず、庭のそれぞれの場所で立ち枯れたままの草木、家中をけだるそうに足を引きずって歩くアグスティーナの部屋履きの音、魂にまで沁み入る寒さなどが、私の記憶に残っています。あなたは二度と振り子を手に取ることはなかったし、私もあえてあなたに振り子のことを思い出させようとはしませんでした。あなたは何かにつけて怒鳴り、私はその声を聞くのが怖かった。あなたは気が短くなり、いつでもぴりぴりしているので、傍に近づくのがためらわれました。ある日、母さんが私のところへ来て初めて打ち明け話をしたために、あなたに対する怯えが募ったのを覚えています。「ああ、恐ろしい。あの人ったら、もしあなたがいなかったら、猟銃で自殺しているところだって言うの」。そのとき、あなたが常日頃から見せていた、仕事にうんざりしている様子にやっと気づいたのです。私がいるからというだけの理由であなたは働いていたのでしょうか。そこまで自分を犠牲にする必要はないのでは、と思いました。あなた自身、毎日四回繰り返すフランス語の授業のことを、いつだったかあきらめ切った調子で辛そうに話していたことがあります。ある日、食事の最中に私にこう言いました。「もし一生のうちに何かしたいことがあるんだったら、大きくなっても、結婚したり子供を持ったりするんじゃないぞ」。それから、ごく月並みなことであるかのように付け加えました。「好きなときに死ねる自由を持つためにだけでもだ」。誰に話すという風でもなく、つぶやくように言ったのです。あの絶望的な言葉を私は忘れたことがありません。もちろんそれについて何か考えたわけではないのですが、衝撃があまりにも強く、返事が見つかりませんでした。

休みになると、あなたはこれ見よがしに何もせずに毎日を過ごしていました。何時間も椅子に座ったままでしたが、苦悩の色は隠すべくもなく、自分の苦しみを訴えていることは明らかでした。母さんは自分を守ろうとします。ふたたび読書を始め、毎晩町から電話を掛けてくるホセファと長話をしました。家から遠く離れた辺りをひとりで散歩し、ときにはマリニエベスの母親に会いに出掛けていくこともありました。私はあなたたち二人を理解しようともしませんでした。ああしたことのすべてが私にとっては、嵐のような自然がもたらす大災害であり、それからはただ逃げることしかできませんでした。

ついに学校に行く日がやって来ました。私が日々の時間の多くを過ごしたあの場所に、あなたは最後まで来てくれませんでしたが、そこは私の想像とはおよそ掛け離れたところでした。何年経っても相変わらず馴染めなかったあの痛ましい授業を初めて経験したのは、たぶんそのときです。願いというのは、叶ったと思っても、今いる現実のはるか彼方にあるのです。でもあなたは私の苦しみなど少しも分かってはくれなかった。その苦しみは激しすぎて言葉にならず、私は沈黙に身を沈めました。それはあなたが死ぬまで、頑なに自分を閉じ込めていたあの沈黙に似ています。他の生徒たちに近寄れないことや、違和感と恐れる気持ちが入り混じり、休み時間にはみんなからできるだけ遠く離れて、いつも独りきりでいなければならなかったことを、誰にも打ち明けられませんでした。無視すれば消してしまえるかのように、彼女たちを見ないようにさえしていたのです。修道女(シスター)の誰かが優しく近づいてきて、無理に仲間と遊ばせようとするので、何度泣いたことか。それでも最初の二年間は遊ぶことができませんでした。二年生になって、ようやく話せるようになりました。というより、つまらない質問に答えるみたいに、ひと言二言、口ごもりながら話せるようになったのです。でもそんなのは、もうどうでもいいことです。かえってそれでよかったのかも知れません。あなたが強いた沈黙は、私たちを支配していき、まるで住人がひとり増えたみたいに、実体をともなってどっしりと家に住み着いてしまいました。沈黙の中で暮らすことに慣れてしまったので、もし私が本当の幸せを感じたことがあったとすれば、まさにその完全無比な沈黙と孤独の中でだったと、付け加えておかなければ不公平でしょう。だから、人がめったに通らない道、あなたにとっては、望んでいた死を遂げることにつながる道でしたが、そこを加減もせずにどんどん進んで行ってしまう、そんな身勝手なやり方で私に示してくれたからといって、何も責めたりはできないのです。

もしもあなたが私のことを忘れてしまっていても、それを隠していてくれたなら、私はいつも感謝の気持ちでいっぱいだったでしょうに。あなたの意志に逆らって、結局は通うことになった学校での生活ぶりについて、あなたに訊いてほしかったと言っているわけではありません。でも私の成績について、何かひと言ぐらい言ってくれてもよかったのに。もしかして一度も、あなたを感心させたことはなかったのかしら。最初の二年間はいつも同じ成績で、評価は全科目必ず一〇段階中の一〇でした。母さんはそれが当然のことにすぎず、一〇以外の評価は成績のうちに入らないと考えていました。私だけに課せられていたらしいその規準のせいで、同級生との距離はますます広がり、私はそれが辛かった。友だちにはそんな義務などないのが分かると、彼女たちをうらやましいと感じたものです。

ときには家のみんなから遠く離れたところへ逃げ出したいと思ったこともあります。どれもできそうもないことばかりでしたが、逃げ出す方法をいろいろ想像していました。ある日、たとえ家出はしないにしても、あなたの目の届かないところへ身を潜めようと決めました。私がいなくなったと見せかけて、あなたに必死で探してほしかったのでしょう。それで、ベッドの下に隠れました。そこからしばらくは出ないという覚悟で、じっと辛抱することにしました。初め、私がいなくなったことに気づきもしないのではないかと不安になりました。でもとうとう、私を探す足音が慌ただしく響き出し、私のことを尋ねる母さんの声や、昼過ぎからずっと姿を見かけていないと答えるアグスティーナの声が聞こえてきました。私はベッドの下で夜が訪れるのを待つつもりでした。というのも暗くなれば、みんながもっと心配することが分かっていたからです。母さんはこう言って私を責めます。

「あの子ったら、なんだってやりかねないんだから」。その言葉は心配するというよりむしろ、私に対して腹を立てているように聞こえました。あなたは自分の書斎にいたにもかかわらず、私を探しに出てきてはくれませんでした。私がいなくなったことは知らされていたはずなのに。ずいぶん長いあいだ待ちました。でも、自分がみんなから隠れていると思うと、悪い気分ではありませんでした。あなたは動じる様子もなかったけれど、あのとき何を思い、どんな気持ちでいたのか、いまだに分からずにいます。母さんが私を見つけ出したときはもう明け方近くでした。あの女（ひと）はいつも私を悪い子だと思っていたのですが、今度ばかりはそのとおりでした。「よくもこんなことができたわね！」私に向かって今にも泣き出さんばかりに叫びました。「さあ、夕飯を食べてきなさい」、蔑むようにそう言うと、あとはひと言も言わずに、自分の部屋に引きこもってしまったのです。私は負けたと思い、悔しさでいっぱいになりました。でもテーブルについて、真向かいの席で表情を変えることもなく私を眺めているあなたを見たとき、瞳の中に激しい苦痛の色が浮かんでいるのが感じられました。そのとたん、自分の苦しみが陳腐で馬鹿げたものに思えてきました。私の苦しみなど、ただのまやかしにすぎなかったのです。

数日後、デリア叔母さんがやって来ました。学校が休みになると、私たちとしばらくのあいだ過ごすために訪れるのが習慣でした。あなたは愚かな人間を相手にするように彼女に接していました。でも違います。知っていますか？　叔母さんは優しくて控えめな女（ひと）です。彼女には善人だの悪人だのという区別がなく、すべての人を、とりわけ私を愛しているようでした。子供時代に〔母さん以外に〕私がしてもらったキスといえば、唯一彼女のキスだけです。けれどもあのときは、叔母さんが長く滞在するのをあなたは許しませんでした。私も含めてあらゆる人間の存在があなたには疎ましかったのです。それにひきかえ、私は彼女がすっかり気に入っていました。一緒に遠出をして、町の公園に連れていってもらったりしました。夜になると、お砂糖がたっぷり入ったぬるめのミルクを持って、私のベッドのところまでやって来て脇に腰掛けると、私が眠るまでのあいだ、お話を聞かせてくれました。あのときは叔母さんと一緒に、どこかに永遠に行ってしまいたいと思った。彼女が家を出ていったとき、どれほど私が泣いたかあなたは知らないでしょう。そしてあなたが追い出したのだと分かったとき、私の中に初めてあなたを憎む気持ちが芽生えました。芽生えた、と言ったのは、もっとあとになって、あの日よりももっと激しい憎しみをあなたに抱くことになったからです。あなたに気づかれないように、私は少しずつ、びくびくしながらも、家の外の世界とつながりを持つようになっていきました。ある日、パーティーに招待されました。でもあなたは、私が仲良しの女の子たちと映画に行ったり、自転車で遠出をするのを許さなかったのと同じように、そのパーティーに行くことを認めてくれませんでした。こんな風にして、私はあなたのおかげであきらめることに慣れていきました。ときおり、いわゆる人間なんて私には一切必要ないと思うこともありました。そして長いあいだ、そう固く信じて、幸せに暮らすことができたのです。あれこれ禁止したからといって、あなたがまた私のことを前みたいに気に掛けてくれるようになったわけではありません。そうではなく、あのときあなたがそうしたのは、無関心だったからで、その証拠に、厳しい規則を強引に押しつけるかと思うと、そんなものは信じていないと言い、挙げ句の果てにしばしばあざけるという具合でした。あなたはほとんど軽蔑しながら、他人の方へ私を押しやりました。「お前はあんな風に考え、行動する人間どもと、この社会で生きていかなければならないんだぞ。不幸になりたくないなら、あいつらと同じようにしなければだめだ」。あなたが怒りを込めて語った、偽りそのものの言葉が、どれほど私を怯えさせたことか。その言葉は、すべての人間に対する限りない嫌悪が生んだもので、あなたは私にそういう人たちの中で生きていかせようとしたのです。人生にはそれ以上期待してはならない、とでもいうように、あなたは私に意味のないあきらめを強いました。あなたは私をすっかり空っぽにして、無惨にも私の魂をうつろにしてしまったのです。私はあなたから独りぼっちにされ、物質のように重くのしかかる倦怠を覚えながら、空しさの中をさ迷っていました。

でも、あなたにあらゆることを禁じられても、どう実現したらいいか分からない望みを漠然と抱き、期待に胸をふくらませながら成長していきました。十四歳のときには、もう一人前の女性でした。今までに経験のない、かかとが高くて、歩きにくいハイヒールを初めて履いたときのことを思い出します。私にとって今までとは違った人生があなたの見えないところで始まっていて、自分が家の中でよりも外で愛されていることに気づきました。毎日、男子校の門の前を通り過ぎるとき、男の子たちが私に情熱的に歌い掛けるのです。

「もしアドリアナが他の男と行ってしまったら、地の果てまでも海の果てまでも僕は彼女を追いかけるだろう……」。あの子供じみた行為に私はどぎまぎしてしまい、彼らの姿を見つけると、自分でもびっくりしたあの心の動きから逃げ出そうと、精一杯足を速めたものです。ある日、大きく引き伸ばされた私の写真が、写真館のショーケースに飾られているのを見つけました。必要があって焼き増しを一枚頼みに行くと、男の子が何人か来てその写真を二十枚注文していったと、店の人に教えられました。私は戸惑い、とりわけあなたに知られるのが心配でした。また男子校のいくつもの机に、私の名前が大文字で刻まれていることを知りました。生まれて初めて自分は美人なのかも知れないと思い始めました。でも鏡にどう映してみても、いつもの顔しかありません。ときおり、すでに日も暮れた道を歩いて学校から帰ると、門の前で落ち着かない様子で私を待っているあなたが遠くから見えました。ちょっと散歩に出てきたのだと、あなたはいくぶん不機嫌そうに口ごもりながら、いつも私に嘘をついたものですが、私を探っていることは分かっていました。でも私にはどうでもいいのです。あるとき、あなたの散歩に付き合ったことがあります。もうすっかり暗くなっていて、二人のあいだには最初から息が詰まりそうな沈黙が横たわっていました。私はその辺りで一番好きな場所だった、ユーカリの木立の方へとあなたを連れていこうとしました。あなたはどこかの土地から追放されたみたいに、行き先も分からないままぼんやりと歩いていました。でも二人はすぐに家に引き返してしまいました。私はあなたから離れたくてたまらなくなった。あのとき、なぜだか妙に気持ちが張りつめて、あなたから逃げ出さずにはいられなくなり、そして、あなたと一緒にいなければならないと思うと、得体の知れないなんとも不可解な苦痛を味わったのです。想像しうる限りの不快感がすべてあなたを襲い、果てしない軽蔑の念があなたの心に生じたのが、傍目にも分かりました。あなたの苦悩に満ちた沈黙は、私だけにしか聞こえない、性質（たち）の悪いざわめきで満ちていました。あなたの完璧なまでの落ち着きぶりは、恐怖のあまりのおののきが、その絶頂で凍りついてしまったかのようでした。いつだったか、勉強していたか、あるいは眠れずにいた長い夜に、あなたの夢からかそれとも別のどこかからかうめき声が聞こえてきたので、私は震えあがってしまいました。とてもこの世のものとは思えなかったのです。あなたに近づき、黙って抱きしめ、私には理解できないその苦しみを癒してあげたいと何度願ったことでしょう。でも、あなたが亡くなる前の数年間にできたのは、せいぜい毒にも薬にもならないようなありきたりの言葉を二言、三言掛けてあげることだけでした。

私はあなたから遠く離れてしまった気がしていました。けれども、あるとき、生き生きとしたあなたが傍にいる夢を見ました。そのとき私は十五歳で、私たちのあいだは以前とまったく変わっていませんでした。私が見たのは地球全体が水浸しになった夢です。強力な破壊力を持つ水が、大地を覆っていました。そのときまで地上にあったものの破片が、いくつも水面を漂っていました。終末が来たのです。すると突然遠くに一艘の小舟が現われました。それはとても小さな舟で、あなたが乗っていて、私の方にゆっくり漕ぎ進んできます。私に手を貸し、自分の脇に乗せてくれたときも、あなたはあの果てしない海で、行き先も分からないまま漕ぎ続けていました。あなたは私に話しかけようともしません。この大災害さえも、あなたには大したことではないかのようでした。そのとき私は願ったのです。あなたと結婚したいと。同時にこんな風にも考えました。あなたは拒否するだろうと、だってあなたはすっかり変わってしまっていたからです……。今では、ある意味で、あなたはこの世の約束事をあまりにも重んじるようになり、その規則がきっとそうさせないでしょう。そして悲しくなったところで目が覚めました。

それから間もなくしてホセファが戻ってきたのを覚えています。あなたは彼女が家に住むのを嫌がりました。そしてどんな風にしてか分かりませんが、彼女を追い出してしまいました。母さんは泣き、あなたを罵り、私にはまだ秘密のままだった、グロリア・バリェという名に結びつく何かをまた口にしました。あなたは、打ちひしがれ、肘掛け椅子に倒れ込むとふたたび黙り込んでしまいました。夜、ホセファはスーツケースを片手にひとりで出ていきました。あなたにも出てってほしいと母さんが言うのを初めて聞きました。翌朝とても早い時間に、私も嫌いだったあの女を見つけたのは他ならぬあなたでした。もう日の光が射しているのに、家の向かいの道に沿った溝に横たわり、片手でスーツケースを抱きかかえたまま、まだ眠っていました。あなたはかんかんになり、家中に轟きわたる声で怒鳴りながら帰ってきました。彼女は私たちの家に留まることになりました。このときホセファはおとなしくなり、口数も減って、確かあなたのために祈ろうとしなくなったと思います。すっかり痩せこけ、目をかっと見開いていました。もうベールで髪を覆うこともなく、夜になると、不吉な鳥のように家中をふらふらうろつき回るのでした。好きだと思ったことなんて一度もないのに、あの女に対して、恐怖と哀れみの入り混じった不快な感情が私の中に芽生えました。あなたは書斎に引きこもり、そこから出てくるのは仕事に行くか、野原を散歩でもするときだけでした。私たちとはまったく関わりなく暮らしていたのです。まるでそこらの安宿の客という感じでした。黄昏どきになると、あなたは街道沿いに長い時間散歩をしたものでしたが、フェルナンドと一緒にいる私を目撃したのもそんなときです。フェルナンドが近づいてきて、私に話しかけたのは、それが最初でした。私たちは何か月ものあいだ、通学の途中ですれ違っていました。しばらく見つめ合うだけで、挨拶さえ交わさなかった。恋をするのにそれ以上何が必要でしょう。だって、すでに彼に対して感じていたのがまさにその恋だと思っていたからです。あの日の午後、フェルナンドはすれ違ったとき私を引き止め、一緒に歩きたいと言いました。私に別れを告げたかったのです。彼は家族と一緒によその町に引っ越すことになっていました。とても悲しかった。もう二度と私たちが会うことはないと思ったから。すると遠くにあなたの姿が見えました。あなたはもう私に気づいていて、足早に私たちの方に近づいてきます。私は怖くなり、すぐに離れて、とフェルナンドに頼みました。あなたの残酷さが私には理解できなかった。あなたが私の頬をぶったのは生涯でたった一度、そのときだけです。そんな暴力を振るわれるなんて思ってもみなかった。あなたが知らない人間に見え、ぶたれたのに痛みを感じませんでした。私は泣きもせずに駆けだし、あからさまにあなたから逃げ、迫りくる夕闇の中にあなたをひとり置き去りにしたのを覚えています。家に着いても、後ろを振り返らず、自分の部屋に閉じこもったそのとき、苦しみも怒りも恐怖も不安も感じていないことに気づきました。何も感じていなかったのです。それは自分がそのときまでに知っていた死というものに最も近い感覚でした。

その日以来、私はあなたを避け、あなたの方は逆に恐る恐る私に近づこうとしていました。そのとき、深い悲しみで曇っていたあなたの瞳に、昔のような優しさをうっすらと感じました。私は自分に向けられた、答を期待しているとは思えない、あなたの取るに足らない言葉に耳を傾けました。私は黙りこくっていました。二人は話ができなくなっていたのです。そして、私が理解したところであなたにはもはやなんの役にも立ちはしない今は、あの不器用な身振りの中に、つまり、言葉が追いつかないほど激しい何かを私に言おうとするときの焦燥の中に、あなたを苛んでいた、想像もつかないあの苦しみを垣間見ることができます。ある日の午後、日もすでに暮れかかり、門に鍵を掛けていると、あなたが私を呼んでいる声が聞こえました。その声は庭の方から聞こえ、努めて楽しそうにしているように響きました。私は戸惑いながらあなたに近づきました。あなたは水が枯れて久しい噴水池の前の、柳の木の下に置かれた古ぼけた木のベンチに腰を掛けていました。かつては私たちのお気に入りの遊びをする魔法の空間だったその場所は、死の気配に包まれています。庭の小道を縁取っているローズマリーや、雨だけで生き延びられる木や灌木だけが残っていました。それ以外の植物はすべて枯れてしまい、干からびたままでしたが、それでも私たちを思い出へと誘い、もはや決して取り戻せないものを呼び覚ましてくれるのです。「ねえ」と私は声を掛けました。たとえただ静寂を破るだけにすぎないとしても、何をしているのか訊きたかったのです。でもそれ以上は言えなかった。だってあなたが何もしていないことはもう分かっていましたから。あなたと向かい合うように噴水池の縁に座ると、あなたの姿が薄暗がりの中に見えました。「どうして噴水池に水がないのかな」とあなたは言いました。「みんなが庭の手入れのことを忘れているからよ」、私は少しばかり苛立ちながら答えました。「そうだ」と言って、あなたは続けました。「みんな枯れてしまった。あんなに見事だったのに……。覚えてるかい」。もちろん覚えていました、でも答えませんでした。すると突然、耐え難いほど胸が痛くなりました。そこで、生まれて初めてあなたに思い切って尋ねました。「どうしたの。なぜいつもそんなに不機嫌なの」。私があなたの苦しみに気づいているのを訝るかのように、あなたは驚いて私を見ました。あなたは不愉快そうで、弱々しく見えました。私は食い下がりました。「あのとき、父さんはセビーリャから帰ってきてすっかり変わったわ。向こうで何があったの？」「お祖母ちゃんが死んだんだ、お前も知ってるだろう」。そのことを指しているのではなく、別のこと、グロリア・バリェという名前と関係があるあの秘密のことよ、と私は答えました。「覚えてる？」あなたに言いました。「母さんが破いてしまわないように、書斎に手紙を持っていってあげたでしょ」。「お前が持ってきてくれたのか」、そして言いました。「お前の考えすぎさ、アドリアナ」。あなたが会話を終わらせたがっていることは見えみえだったけれど、私はこだわりました。「父さんが苦しんでいるのはそれが原因なの？」あなたは苦笑いしました。そしてこう言ったのです。「いいかい。一番性質(たち)が悪い苦しみというのは、これといった理由がないやつなんだ。あらゆることが原因になっていて、とくに何かがあるわけじゃない。まるで顔がないみたいなのさ」。「どうして？　物事には必ず理由があって、それについて話せるはずよ」、私は質問をはぐらかされたのにがっかりして、なんの確信もなしにそう言いました。そしてもう一度あなたの沈黙を受け入れ、おそらくどんな場所でも、人は決して幸せになんかなれないのだと思いながら、私は周囲を見回しました。もう夜になっていて、新月が出ていました。黒い霧みたいな薄闇の中で、あなたの顔は落ち着いているようでした。私はあなたをまじまじと見つめ、私には話してくれないことを読み取ろうとしました。薄闇のベールを通して、あなたの老いた顔に過ぎていった長い年月が見えました。あの夜、時間というのは常に破壊でしかないという気がしました。私の知っている時間とはそういうものです。庭、家、十五歳の私も含めてその家に住む人々、そのすべてが死という同じ運命で包まれていて、その運命に私たちはあなたと共に引きずられているかのようでした。家に入るとあなたは、食事はいらないとアグスティーナに伝えるよう私に頼みました。そしてあの晩も、いつもの夜と同じように、私にお休みを言って、自分の部屋に引き取ったのでした。

何時間か経ち、あなたの名を叫んでいる母さんの声で目が覚めました。銃の音が聞こえたというのです。それも一発だけ。私はあなたが死んだのだとすぐ分かりました。みんながあなたを探しに何度か外に出ていきました。でも、外は雨で、何も見えない上に、怯えも手伝って、あなたを見つけることができません。

夜が明ける頃、遺体となったあなたが運ばれてきました。あなたは何年も前に予告したとおり、自らに銃弾を見舞ったのでした。私はあなたを見なかったけれど、運ばれてきたのは分かりました。なぜなら苦々しさに満ち、石のように重いあなたの沈黙が戻ってきて、家中に広がったからです。それは、ある意味で、あなたの死後も生きていたのです。

母さんは私を部屋から出させてくれませんでした。禁じたわけではなく、出ないでほしいと丁寧な調子で私に頼んだのですが、私は出させてもらえなかったことを感謝しています。遠くからなら夢にしか思えないそうしたことのすべてが、確かな事実であるのを知るのが、怖くてしかたがなかったのです。とはいえ、知りたい気持ちをおさえることはできませんでした。階下の書斎でいつものようにベッドに横たわっているのはあなたでした。それで私がどうしたか、分かりますか？　意志を精一杯強く持ち、死を信じないことに決めたのです。そうすればあなたはいつだって存在することになります。あの悪夢はもう消え去っているかも知れない、そんな期待を抱きながら、あなたを抱きしめるつもりで、あなたに会いに下に降りていきました。でも、以前は人の気配がせず、あまりにも寂しげに見えたあなたの部屋の扉の前まで行ったのに、入れてもらえませんでした。部屋の中には見知らぬ人たちの顔があり、あなたの体はその人たちに取られてしまったようでした。検死医と二人の警官がいて、そのうちのひとりはとても痩せていました。その人のズボンがぶかぶかなのに気づいたのです。苦しみの極みにあったあのとき、誰も気づきそうにないささいな現実が、こんな具合に目につきました。検死医は一枚の用紙に報告を書いていました。彼は黙々と自分の務めを果たしていましたが、何度も書き間違え、書いた紙を破ってはまた、用紙の綴りから新しいのを取り出します。そうして誰も関心を示さないような事柄を書きつけるのです。私にはそうしたすべてが、死そのものと同様に何か恐ろしいこと、冒瀆のような気がしました。遠くからはあなたの鼻と閉じた口が垣間見えるだけで、目と額と頭の部分は白い包帯で隠れています。私は声に出さず、機械仕掛けみたいに何度も繰り返しました。「死なんて存在しない、死なんて存在しない」。そこにいたうちのひとりが寒いので窓を閉めました。まるでそうすることが何か重要なことでもあるかのようでした。検死医は報告を書き終え、心の底から泣いていた母さんと、二言三言、言葉を交わしました。私は母さんの傍に行きたかったのですが、体がすくんでしまいました。恐ろしい重さがのしかかってきて、私はそれを支えきれません。警察の人たちが出ていくと、母さんは窓を全部閉め、ホセファは蠟燭に火を灯しました。すると薄暗い部屋の中で、私は希望が湧いてきました。そこで二人の祈りを聞いているうちに、いつかどこか新たな別の場所であなたに会えるという予感がしたのです。

何日ものあいだ、自分の部屋に閉じこもっていました。みんなと一緒に生きているあなたを思い出したかった。あなたを送る準備に加わるのは嫌でした。それは紛れもなく永遠の別れを意味したからです。デリア叔母さんが駆けつけました。私は叔母さんと母さんの二人から、生きていかなければだめだと諭されました。というのも、私がベッドに寝そべったきり何もせずにいたからです。私が知る限り、あなたと私にしか起きたことのない、あの恐ろしい状態に二度ばかり陥りました。体が完全に硬直して、ほんのわずかでさえ身動きできず、声を出すこともできなくなるのです。一度目を開けると、今度は閉じることができません。その恐怖が過ぎ去ると、私はベッドから飛び下り、部屋の外へ駆けだしました。家の周りを何時間も狂ったように歩き回り、自分自身の動きだけに気持ちを集中しました。そのとき、あなたに会いに行こう、あの都市（まち）、セビーリャに、あなたが残していった足跡をたどりながら、あなたを探そうと決めたのです。母さんはサンタンデールに帰りたがっていました。彼女の兄弟が私たちを迎えにきました。私はあなたの都市で、デリア叔母さんと数日間だけ過ごさせてほしいと頼みました。母さんは受け入れてくれました。

　ホセファがひとり家に残りました。私はまた彼女と口を利かなくなり、完全に無視しました。彼女はあなたの写真を片づけてしまったのですが、それをまとめて母さんに渡しながら、こんなものは破り棄てて新しい人生を始めるようにと、厳しい口調で忠告しているところを、私はたまたま見てしまいました。母さんはホセファの言葉に従いましたが、すっかり取り乱し、私がいることに気づかないほど自暴自棄になって泣いていました。私は母さんの苦しみもまたとてつもなく大きかったことが、初めて分かりました。私が傍に行くと、母さんはますます激しく泣きじゃくりながら、私を抱きしめました。そして自分に言い訳をするようにこう言ったのです。「私はあの人に一度も愛されたことがなかったわ」

翌日、セビーリャに着いたとき、もしあなたがこの世のどこかをまださまよっているのなら、息づく石で造られ、密かに脈打つこの都市（まち）だろうと思いました。セビーリャには、どこか人間臭いところがあり、息づかい、あるいは深くこもった溜息のようなものが感じられます。この都市に住む人々は、そこから自然に湧き出てきたようであり、千年もの時を経た手でこね上げられたように見えます。まばゆい陽が差し込んでも、影のふるいに掛けられ翳っている地区に、あなたの家はありました。高級な建材を使って建てられた古い様式に基づくその家には、あなたより前にここで暮らしたたくさんの人々の痕跡が刻まれています。それは二階建てで、中央には大理石を敷き詰めた中庭（パティオ）があります。噴水から流れ出る水のささやきに、私は思わず足を止めました。それはあなたの子供時代から時を超えて私の耳に届いた音でした。あなたは、いくたび自分の部屋からこの音を聞きながらまどろんだのでしょうか。その穏やかな水音を滞在中毎日聞きながら、かつてはあなたの成長を見守り、そして今あなたの死には無頓着にそこにあって、私の知らないあなたの人生の段階を紹介し続ける様々なイメージの中に、私は浸りました。修道院のような屋根の下にあるあらゆるものから、私は生き生きとした印象を受けました。それらはあなたの属していた時間に由来し、だからこそ実際以上に強烈な印象を与えたのかもしれません。

まるで夢遊病者のように、デリア叔母さんの部屋まで付いて行きました。叔母さんが私に荷物を解くのを手伝ってほしいと言ったのは、たぶん、私の沈黙の中に感じ取った亡霊を払いのけるためだったのでしょう。そのとき、偶然にも、何年ものあいだあなたの人生の秘密を封じ込めていたものが突然出てきたのでした。グロリア・バリェからの何通かの手紙です。まさに私がポケットに隠してあなたのところへ届けた手紙でした。あなたの本のあいだに挟んでありました。デリア叔母さんは、あなたの形見にしようと決めていたものをいくつかスーツケースに詰めて持ってきていました。手紙がほしいと頼むこともできたはずなのに、他の人に読まれたくないとでも思ったのでしょうか、なぜか衝動に駆られて、叔母さんの見ていないすきにこっそり盗みました。

その夜はほとんど眠れませんでした。明け方、都会なのに鶏の鳴く声が聞こえました。

グロリア・バリェからの手紙は、長い時間私を思い悩ませました。それは、信じたくないけれどもしかするとありえたかもしれないことを、ほのめかしていました。あなたたち二人にしか分からないことが多すぎましたが、それでもあなたが母さんとよりもその女(ひと)

とはるかに濃密な時を過ごしたことは明らかでした。共にすることが叶わなかったあなたの日常生活が、その女（ひと）とならどんな風になっていただろうと私は想像を巡らせてみました。それでもあなたはやはり死を選んでいたでしょうか。そのとき思ったのです、まだ可能性の余地があること、実現していないことの方が、いつだってより良く見えるのだということを。

　手紙は七通あったことを覚えていますが、見つけたのは三通だけでした。最初に読んだ手紙にはこんなことが書かれていました。《親愛なるラファエル、あなたから届いた二つ目の手紙は、最初のよりももっと私を驚かせました。あなたのことは今でも分かりすぎるくらい分かっています。きっと最初の手紙で言ったことを後悔しているんでしょう。でも、もういいの。私は本気にはしなかったから。私たちは十年のあいだに何度も永遠に別れては、同じ回数だけよりを戻しました。でもあのときは違っていました。確かに私は一年以上姿を消し、手紙さえ出さなかったけれど、私がいなくなった理由をあなたはよく知っているはずです。あなたともう一度やり直そうとしたとき、あなたがすでに結婚していて、娘が生まれたばかりだったことを知りました。あなたは私を忘れたい、そして、もっと穏やかな、新しい人生を始めたい、そう言ったのです。それを私にまともに受け取らないでほしいと、まだ思っているのかしら？　だとしたら、厚かましいにもほどがあります。私たちはあらゆる掟を越え、時間の手が届かない、切っても切れない絆で結ばれているとあなたは言います。だけど今でも覚えています、あのとき、あなたは妻を愛しているとさえ言わず、私と別れるためにつまらない言い訳をしたにすぎませんでした。なぜあなたと無意味なことを共にする必要があったのかしら？　あのとき私はひとりで、私に起こったことは私だけの問題でした。私はあなたにこの都市(まち)に二度と戻らないでとお願いしました。もちろん、あなたがそんなに従順だとは考えてもみませんでした。それが今になって、まだ私を忘れていないだなんて。それこそ馬鹿げてるわ！　今までの年月が単なる誤解の産物だったとは思いたくありません。いいこと、もう私に手紙をよこさないでほしいの、そしてとりわけこちらには二度と来ないでください。さようなら。グロリア》

あとの二通はごく短いものでした。《私も最初はあなたなしでは生きられないと思ったけれど、学ぶことができました。もうあなたのことは忘れました。さようなら、グロリア》《最後にもう一度繰り返しますが、もう疲れました。自分の人生を変える力もないし、またそうしたいとも思いません。息子を愛しているのです。あの子と幸せに暮らしています。私たちの生活には誰も入り込む余地がありません。あなたでさえも。それにもう、あなたを愛してはいないのです。さようなら、グロリア》

これらの言葉から、あなたが書いた何通かの手紙の内容がすっかり分かった気がしました。あなたは私たちを捨てて、二人でやり直そうと彼女に持ち掛けたのです。私、間違ってるかしら？　あなたの秘密について、ああでもない、こうでもないと子供なりに考えてみましたが、まさかあなたが私を捨てるかも知れないなんて思いつきもしませんでした。あなたのことが少しも分かっていなかった……。目先のことしか見えていなかったのです。私はその女性を訪ねることにしました。息子と二人で暮らしていることはもう分かっていました。もちろんあなたが父親かも知れないと思いましたが、馬鹿げた考えのような気もしました。もしそうなら、あなたがその子のことをそこまで無視するはずがなかったからです。それに、年さえ分からなかったのです。唯一はっきりしていたのは、たとえそれが誰であれ、その子の父親は家族と一緒には暮らしていないということです。

　まだ朝の早い時間でした。デリア叔母さんがソルフェージュとピアノを教えに出掛けるのを待たなければなりません。中庭（パティオ）を横切りました。床に敷き詰められた大理石が夜明けの光で青みがかって見えます。昔あなたが使っていた部屋に初めて行ってみました。そこには黄金虫の死骸が落ちていました。そのままになっていたらしく、気づかずに踏んでしまいました。死骸がくしゃっとかすかに音を立てたとき、とても嫌な気分がする一方、哀れみを感じました。それがあなたの部屋の唯一の住人だったのだと思ったからです。そこにはエミリアがまだごみ箱に捨てていなかったがらくたの類が残っているだけでした。その中に色あせた絨毯と足が二本欠けたナイトテーブルがありました。ナイトテーブルの引き出しの中に、あなたが履き潰した靴と破れたスリッパ、それにもう動かない目覚まし時計、ボール紙でできたしわの寄った仮面を見つけました。しわになっていても悪魔的な眼差しをした美しい顔立ちであることが分かるその仮面が気に入ったので、もっとよく見ようとナイトテーブルの上に置いてみました。不思議なことに、私にはそれらの意味のない物たちが、何かを雄弁に語っているように見えてきました。言葉では表現できないあなたの何かを醸しているのです。部屋を出ると、エミリアがいました。まるで幽霊みたいにじっとしていたので、ぎょっとしてしまいました。凹凸のない版画のように暗闇にぴったり貼りついたまま私の後ろに立っていたのです。「何が知りたいの」、腕を組み、熱っぽい目で私を見ながら親切そうに尋ねました。そんなに早く起きて、もう誰もいない、かつてのあなたの部屋でいったい何をしているのと、訊かれないのが不思議でした。この女（ひと）は私が詮索する理由を知っているのだと直感的に分かったのです。そこで私もまともに訊き返しました。「グロリア・バリェって誰なの」。「お馬鹿さんよ」、今では確かなことですが、あなたがあれほど愛した女性への深い慈しみをその微笑みで示しながら、彼女は答えました。「なぜ」と私は訊きました。でも彼女は私の言葉を聞いてはいませんでした。そしてすばやい足取りで音も立てずに階段を下りていきました。

　あなたがエミリアのことを一度も私に話してくれなかったのはなぜでしょう。あなたがいなくなり、あなたからは忘れられてしまったのに、まだあなたを愛してくれていたのです。だだっ広く薄暗い台所で一緒に朝食をとりながら、彼女は私に訊きました。「お父さまはすっかりお年を召されておいでででしたか」。なんと答えたらいいか分からなかった。なぜなら彼女は目を潤ませ、私の話を聞いていない気がしたからです。最期を迎える頃のあなたがどんな様子だったかなんて、もはやどうでもよさそうでした。彼女が強いた涙まじりの沈黙を破ろうと、私は尋ねました。「あの仮面は父さんのもの?」「どの仮面?」少しして思い出しました。「ああ、あれね。そう、もちろん、お父さまのよ」。彼女の話では、あなたはそれを十五歳のときの仮装パーティーで付けたのだそうです。あなたが家を出てからも、長いあいだ壁に掛かったままになっていたのです。それをある日、エミリアが、あなたが残したがらくたと一緒にナイトテーブルにしまい込んだのでした。ときおりエミリアが黙り込んだまま、私には見えない何かに目をやるので、私はそれがなんなのか探り当てようとしました。というのも、彼女は自分の記憶の糸につながるあなたを、私の知らない時代につながるあなたを見ていたからです。

エミリアは痩せぎすで、お手伝いとしてのわきまえを心得ながら、いつも根気よく黙々と働き、見たところなんの迷いもなく、自分の役目を忠実に果たしているようでした。夜、デリア叔母さんがピアノを弾いているときや、床に就く頃になると、私は台所で丸テーブルの下の火鉢にあたりながらエミリアと過ごしました。あのとき点けっ放しになっていた裸電球が天井からぶら下がり、蠟燭と同じくらい頼りない光を放っていました。あなたのことを話すとき、彼女の目は焦点が定まらないことがありました。また私には見えない何かをじっと見つめていることもありました。あなたの誕生に立ち会った人なので、生まれたとき、そしてその後のあなたがどんな風だったかを彼女に尋ねてみました。すると私の問いをきっかけに、彼女は霊媒みたいになりました。そして本物の予言者のように、あなたの子供時代、少年時代、青年時代がいまだに続いている、時間のない別の空間に入っていくことができたのです。彼女の記憶は果てしないものでした。死者の世界のように完全で、私たちの理解をはるかに超えた世界が、彼女の中に存在していたのです。私が目を閉じると、まぶたの裏の闇の中に、彼女が私のために呼び起こしてくれた、生きた亡霊のようなあなたが見えました。私たちのあいだでは、彼女の記憶から出てくること以外は話題にならず、しかもそれは決まってあなたに関することでした。それにもかかわらず、あの最初の日の朝、私はグロリア・バリェを訪ねようとしていることを、あえて伝えようとはしませんでした。

家に誰もいなくなるのを待ってから出掛けました。どの方向へ向かえばいいか見当がつかず、玄関でしばらく立ち往生したのを覚えています。そしてあの手紙に書かれていた住所がどこかを人に尋ねると、さして離れていないことが分かり、驚きました。もちろん、それはあなたが住んでいたのとは違う雰囲気の家でした。三階建てで、宮殿のように広大です。半ば開きかけた重々しい門の向こうに鉄格子の扉があり、その後ろに、荘厳で、薄暗い、黄土色の中庭（パティオ）が見えます。私は、今はもう人が住んでいないのではないかと不安になりました。中を覗こうとして通りを横切ると、こちらをじっと見つめる視線に気がつきました。はっとして、思わずそこから逃げだしたくなりました。それは同じ年頃の少年で、私を呼んでいます。彼は目と鼻の先にいて、一階の窓から私を見ています。物おじしない様子から、スペイン南部（スール）で最も美しいあの都市（まち）を訪れる者が、ふと立ち止まって中庭を眺めていくことには慣れているようでした。というのも、私も見に入ってかまわないと言ってくれたからです。ところが不可解なことに、中に入って目にしたあのひどく荒れた様子からすると、中庭は、実際にはもう何年も人に眺められてはいないようでした。植物といえば、敷石のすき間から生える雑草ぐらいしかない、その荒れ果てた有様にもかかわらず、そこは不思議な美しさの感じられる場所でした。彼はじろじろとこちらを見ていました。普段は誰も入っていないことがすぐに分かりました。「ここの土地の人？」と彼は訊きました。「違うわ。何日かいるだけ」、私は彼のあとを追いながら答えました。彼が私に家中を案内する気になったからです。

怖くなるような天井の亀裂と、額縁をはずして残った埃だらけの四角い跡以外には装飾が何もない、見捨てられて廃墟と化した博物館にあなたの影を求めて、あらゆるところを眺め回しました。今は通路でしかない、だだっ広い空っぽの部屋を次々に通り抜けていくあいだ、あなたの視線が私に付き添っています。そこで生活するのは無理のような気がしました。でもしばらくして、母親と息子の二人はもっと奥にあるいくつかの部屋に逃げ込むようにして暮らしていることを知りました。そして、それらの部屋に囲まれて、手入れが行き届き、花の咲き乱れる小さな庭が、まるで奇跡のように現われました。それは廃墟の只中に生き残った美しいオアシスのようでした。

少年はミゲルという名で、ひとつ年下だったにもかかわらず、背が高いのと、よく考えてから慎重に話すという言葉づかいのせいで、私より年上に見えました。別れ際に、電話番号を訊かれたけれど、私は教えるのを頑なに拒みました。彼の裡に何か怖いものを感じたのです。何時間かあとで、彼の姿を一度だけ思い浮かべ、何気ない仕種、一瞬の微笑み、無意識に示す態度、それらがあなたの裡にすでに認めたことがあるものだとはっきり分かったとき、その何かがなんであるかを理解しました。ミゲルはあなたの息子ではないか。でもあえて尋ねたりはしませんでした。それを確かめるのが怖かった。そのとき、あなたに対して深い哀れみを感じました。もっと前にそれが分かっていたら……。でも、人は幼い少女に自分の秘密を打ち明けたりしないものです。あなたは息子のことを忘れるために、自分にどれだけ沈黙を課したことか。今、あなたのイメージのジグソーパズルにはめ込む、新しい一片を手にしました。あなたは臆病だったのですね。でも同時に、あなたの死も含め、自分に苦悩を課すことで、その臆病を贖ったのだと思いました。それに、あの少年にとってあなたはまったく存在しなかったことを、あなたはもしかすると知っていたのではないでしょうか。父親の姿というのは彼にとっては馴染みのないそして不必要なものだったのです。というのも、あの女性は、あなたがいないという事実から息子を守るために、ひとつの世界を作り上げていましたから。二人が一緒のところを初めて見たときからそれが分かりました。彼女は仕事から戻ってきたところでした。美術品やアンティーク家具を扱う店を持っていたのです。ミゲルの部屋に入ってきて、彼にキスをしました。ミゲルは二人をそれぞれ紹介しましたが、彼女は私にほとんど挨拶しませんでした。私の名前を聞くと、彼女の目に影が射したのに気づきました。彼女はそれを隠そうともせず、すぐにあなたのことを尋ねました。「元気です」、そのとき、彼女に嘘をついてそう答えましたが、それが本当だったらと願ってもいました。「一緒にいらしたの？」彼女は微笑もうとしながらできずに言い添えました。「いいえ」、私はそっけなく答えました。そして彼女は部屋を出て行ったのですが、私はその美しさに驚きました。それは年を刻んだ顔の表情からだけでなく、深い内側から、きっと時間の手を免れた、彼女の内面のどこかから生まれてくるのだろうと思いました。

ある日、ミゲルに、父親について訊いてみました。すると、もう死んだというそっけない答が返ってきました。あなたが締め出されていたその世界で、彼がなんら疑いを抱くことなく暮らしていることが分かりました。そのとき話してくれたのですが、ミゲルの父親はある晩、海岸に散歩に出掛け、そのあいだ、自分を身ごもっていた母親は家で待っていたそうです。彼らは北国のある村で数日過ごしているところでした。ところが、もう夜も明けたというのに、夫がまだ戻ってこない。そこで彼女は夫を探しに出なければなりませんでした。すると岩の上に濡れたコートだけが見つかりました。そのとき以来、彼女は夫の手掛かりになるものが見つからないかと、毎日その場所に出掛けるのでした。けれど出産が近づいたのでセビーリャに戻らなければならなくなり、村人たちの誰もが信じたように、夫はもう死んだのだと納得したのです。夫のことはそれっきり何も分かりませんでした。ミゲルがこの不幸のいきさつを、自分の人生とはまるで無関係であるかのように、とても機械的に話すのが私には不思議でした。彼は機嫌よさそうに、すぐにこう続けました。「変なんだ、家にあるたった一枚の親父の写真には、親父が写ってないんだ」。彼の言っていることの意味が分からず説明を求めると、彼は部屋を出ていきました。写真を探しにいったのです。戻ってくるまでのあいだ、何か読んで待つように私に言いました。もちろん、私に貸してくれたいくつかの短篇のことを言っているのです。それは彼自身の作品で、彼は作家になろうとしていました。もっとも自分ではもう作家だと信じているようでした。たしかに、彼の書いたものにはとても興味がありましたが、でも彼が、そこに写っているのが自分の父親だと思っている写真に、あなたを認めることの方が、それに勝りました。私は短篇を読まずに、彼の何冊もの本のあいだから何かを嗅ぎつけることに専念しました。その結果、そんな権利はないのに、表紙がビニールの小さなノートを手に入れました。それは日記らしく、そのページのどこかに私の名前が書かれているのを見た気がしたのです。一晩だけこっそり盗みだすことを恥ずかしいとは思いませんでした。ドアの近くにミゲルの足音が聞こえたので、バッグの中にそれをしまいました。彼は私に写真を見せてくれました。あの悪魔の目をした美しい顔立ちの仮面をつけたドン・フアン・テノリオが、ドニャ・イネスに言い寄っているところです。[*] それはグロリア・バリェが十五歳のときにまさにこの家で開いた仮装パーティーの写真でした。そのときミゲルが話してくれたことによると、彼の母親がパーティーの最中に、仮面をはずし顔を見せたあなたを見てとても強い印象を受け、自分のマドリード娘（マハ）の扮装と友だちのとを取り替えたのだそうです。こうしてドニャ・イネスを思わせる修道女（シスター）の衣装と仮面をつけて、あなたをダンスに誘ったのでした。そのときから、あなたが死ぬまで、つまり息子が生まれるほんの少し前まで、あなたたち二人は決して離れることがなかったと、ミゲルは付け加えました。でも彼がそれをもったいぶって話したとか、ある意味であなた方の愛を賛美していたなんて思わないでください。そうじゃない。あなたの姿で彼が一番惹かれたのはその扮装です。「二人ともえらくきざだろ」、彼は続けました。「だけど僕もこんな風に変装して、こういう仮装パーティーを開いてみたいな。君はどんな格好をする？」「私？」面喰らいながら答えました。「たぶん魔女の格好ね」。「だったらそんなに変装することはないな。君はもう魔女だから」と彼は笑って言いました。

＊ ここではスペインの劇作家ホセ・ソリーリャの『ドン・フアン・テノリオ』を下敷きにしている。ソリーリャ版では、主人公のドン・フアンはドニャ・イネスの純愛によって救済される。

間もなくその家をあとにして、あなたの家に戻ると、デリア叔母さんが待っていました。毎日午後になると二人で都市（まち）をあちこちぶらつくのです。彼女は絶え間なくしゃべり続けるのですが、あなたのことには決して触れません。最初は、私の気が晴れるように、つまり私が病的なほど物思いに沈んでいるように見えたらしく、そんな状態から抜け出させるつもりなのだと思いました。けれど実は、彼女は死者を怖がっていることが分かりました。エミリアが、デリア叔母さんの前ではあなたの名前を口にしてはいけないと、唇にそっと指をあててから教えてくれたのです。叔母さんは祖母が亡くなって何日も経たない頃、中庭の噴水池に祖母が浮いているのが見えたと信じていました。そのときから私は叔母さんを小さな子供のように気遣い、彼女が眠くなるまで、私にこの都市の歴史を語らせることにして、毎晩傍にいてあげました。

そしてあの晩、叔母さんが眠りかけたのを見て、私は部屋を出ました。あなたの息子の日記らしきものを読みたくてたまらなかったのです。書かれていたのはわずかなページにすぎず、それもただ私たちが出会ったときのことに触れているだけでした。もちろん、正確にはこう書いてあったわけではありません。

《彼女が家に入るのを見たとき、探しているのは僕なんだと分かった。彼女はこの都市にやって来る訪問者とは違い、アンダルシア地方の家の中庭（パティオ）を見にきたわけではない。だから、電話番号を決して教えようとしなかったのが不思議だ。僕にどんな用事があったのだろう。なぜ僕を探していたのか。きっと自分を神秘的に見せたがるうぬぼれの強い女の子に違いないと思った。というのも僕と次に会う約束をするのを拒んで、こう言ったからだ。「必要ないわ。また必ず会えるもの」。間もなくして、彼女の言葉が間違っていなかったことを確かめる機会が訪れた。僕たちは何度も出会ったのだ。互いの家が近いことを考えれば、偶然出会ってもおかしくないはずだが、それとは違う。僕がおよそ考えつきもしないような意外な場所で僕たちは出会ったのだ。でもこの言い方は正しくない。なぜなら、正確に言えば、僕たちは出会ったわけではないからだ。つまり彼女は、自分の好きな時間と場所で僕を待っていたのであり、僕の方はそんなこととは知らずに、ましてや彼女のことなど考えもしないのに、夢遊病者のように彼女のいる場所へ向かっていた。僕自身も知らない僕のどこかに、彼女は何か強い力を及ぼしているかのようだった。僕たちが最初に会った日から、彼女に会えそうな気がする通りや広場をひたすら歩き回って、二日が過ぎた。彼女が僕の家のあんな近くに住んでいるとはまだ知らなかった。アドリアナは影も形もなかったので、彼女に会うことは二度とないだろうと思い始めた。そこでひと休みしようと、カテドラルの傍のオレンジの中庭に入った。前に探したけれど、見つからなかった場所だ。姿を見ないうちから、僕には彼女がそこにいるのが分かった。彼女が見つかるときに僕を襲う、あの軽いめまいと胸の高鳴りを感じたので、そこにいることが分かったのだ。

《次の日の朝、すぐにまた彼女に会えるとは思いもせずに、郊外のイタリカの遺跡に出掛けた。母とよく行った場所だ。母はもはや存在しない時間に属するあらゆるものに魅力を感じている。古代ローマの円形競技場の崩れた階段に座ってみた。すべてのものから隔てられているように感じながら、ひとりでいた。すると突然、僕の後ろにアドリアナが現われた。現われたと言ったのは、足音が聞こえなかったし、どこからかやってくるのを見たわけでもなく、まさに突然そこにいたからで、こうした出会いがこの世で最も自然な形でもあるかのように彼女は僕に微笑みかけた。それにひきかえ僕の方はぎょっとして跳び上がってしまった。もし幽霊が存在するなら、きっとこんな風に現われるのだろう。

《何が起きているのか僕には分からなかった。ただひとつだけははっきりしていた。僕は完全に彼女の手の中にあったということだ。彼女は宿命的な力を僕に及ぼしていた。僕は彼女に恋してしまった。けれど、それは愛情よりもさらに強い何かだ。初めて彼女に会ったとたんそのことが分かった。

《ある日、一緒にヒラルダの塔に登った。けれど途中ひと言も交わさなかった。彼女はうわの空で、何か考え事をしていたらしく、僕には無関心だった。だからだろう、上に着いたとき、僕は都市（まち）の案内を始め、くだらないことを言いすぎてしまった。僕は不安になったが、ふと思いついて、冗談を言ってみることにした。「悪魔がキリストの前に現われたのはきっとこんな場所だね。悪魔はこう言ったんだ――もしお前が跪いて俺を崇めるなら、目の前の村々を全部、その富と財宝もろともお前にやるんだが」。そうしたら彼女は愉快そうに僕を見て、こう言った。「私が悪魔であなたにそう提案したと想像してちょうだい。あなたはどう答えるかしら?」「僕なら何もかも捨てて君に跪くさ」と僕は熱っぽく答えた。そのとたん彼女は笑いだした。なぜ笑うのか分からなかったけれど、僕も精一杯微笑んでみた。でもそれほど笑えなかった。というのは、彼女が笑っているのは僕のことかも知れないと一瞬思ったからだ。すると彼女は何事もなかったかのように、しかも耐え難いことに、姉が弟にそうするような仕種で無造作に僕の手を取ると、塔のもう一方の隅まで僕を引っ張っていった。そしてもっと都市の説明をしてほしいとせがんだのだ。僕という人間よりもそっちの方に興味があるらしかった。だけど、彼女が僕の手を離そうとしたとき、僕は彼女の手をきつく握りしめてやった。そうしたら彼女がひどく怯えた表情でこっちを見たので、僕は思わず飛び退いてしまった。それから家まで送ったが、彼女はそのあいだひと言も口を利かなかった》

私はこれらのページを読み終わると、彼に別れを告げずに去ることにしました。実際、彼にあえて真実を打ち明けることもしませんでした。グロリア・バリェがあなたがたの息子のために織り上げた、蜘蛛の巣のようにとても複雑で脆いあの世界を壊したくなかったのです。それにあなたがミゲルの父親だと知ったところで私にはなんの意味もありませんでした。あなたの苦しみが初めていくらか分かりかけてはきましたが、でも、それももはや大したことではなかった。というのも、あなたの存在や母さんの存在、私自身の存在、それから、あなたに見捨てられたことでやはりそれなりに苦しんだ寄る辺のないあの二人の存在、それらの存在と私が和解するには、理解するだけでは不十分だったからです。日記の最後にひと言書き添えて、ミゲルにノートを送りました。《私もあなたを愛しているわ》。なぜそうしたのかは分かりません。たとえそれが去っていった誰かの影のようなものにすぎなかったとしても、彼らを包む魔法に掛けられたような気配に浸りながら一緒に留まりたいという気持ちが、たぶん私を駆り立てたのでしょう。

明日、私にはもはやよそよそしい場所になってしまったこの家に、永遠に別れを告げるつもりです。今は電気もなくなり、暗く荒れ果てた場所から、見捨てられた物たちが、私が手にしている懐中電灯の光の輪の中に次々に現われてきます。チェス盤、ビロードの椅子、何もない部屋の隅、何幅かの絵、点ることのない電灯、閉じられた窓のよろい戸、剝がれ落ちた壁……。もはや生命を宿すことのない寒々とした物たちです。家中があなたの残していった死の空気に包まれているようです。そして共に過ごしたこの幻のような光景の中に、あなたの沈黙と、そして悲しいことに、あなたの死によって、もはや乗り越えることができず永遠のものとなってしまった、あなたと私のあの最後の別れも、まだ生き続けているのです。

カピレイラ　一九八一年六月〜七月

訳者解説

野谷文昭

『エル・スール』という本書のタイトルを見て、まず同名のスペイン映画を思い浮かべる読者も多いのではないだろうか。ビクトル・エリセ監督が一九八三年に撮った作品である。日本では「ミツバチのささやき」（一九七三年）とともに一九八五年に公開されると、驚きをもって迎えられ、大きな反響を呼んだ。いずれもきわめて知的で洗練された芸術性の高い作品であり、そのミステリアスな雰囲気とも相俟って、スペイン映画のイメージを少なからず変えたのだった。当時それらの映画に接し、初来日した監督に会って何度か話を聞く機会を得たことは、私にとって事件とも言えるものであり、その記憶は映画同様今も古びることがない。その後、大学の授業で教材としてたびたび学生にこの映画を見せる機会があったが、気がつくと彼ら以上に自分の方が集中しているのは、見るたびに新しい発見があるからだ。

映画「エル・スール」は、クレジットにあるように、同じタイトルをもつ中篇小説を原作としている。その中篇は、一九八一年にすでに執筆されていながら、映画が制作された時期にはまだ本になっていなかった。著者はアデライダ・ガルシア＝モラレス、当時はエリセの夫人だった作家である。映画がヒットしたおかげで、中篇「エル・スール」はもうひとつの中篇「ベネ」と併せて一冊の本になり、一九八五年に刊行されるとたちまち版を重ね、多くの読者を獲得したのだった。

「エル・スール」まで、「エル・スール」から

まず、著者の経歴に触れておこう。

アデライダ・ガルシア＝モラレス（以下アデライダ）は、一九四五年スペインの内陸にあってポルトガルとの国境に近い、エストゥレマドゥーラ地方の都市バダホスで生まれている。ただし、生年については一九四七年生まれという説もある。インタビューをあまり好まない作家らしく、情報が少ないのだが、それがこの生年の曖昧さや風貌とともに、彼女に神秘性をまとわせてもいる。

生地バダホスのあるエストゥレマドゥーラと言えば、ルイス・ブニュエル監督のファンなら「糧なき土地」を思い出すかもしれない。ダリとの共作「アンダルシアの犬」を撮ったブニュエルが、スペイン内戦（一九三六年—三九年）の直前に第二共和制政府の依頼を受けてシュールリアリスティックなドキュメンタリーの撮影を行ったのは、この地方のラス・ウルデスという土地だった。ブニュエル

の誇張もあるのだろうが、文明からはほど遠く、あたかも中世がそのまま残っているような壮絶な風景と人々の過酷な暮らしが、残酷な美に昇華された、印象的な作品である。
『エル・スール／ベネ』が出版された一九八五年の一一月にアナ・バスアルドによって行われたインタビューで、アデライダは自らの生い立ちをわずかながら語っている。それによると、バダホスにあったのは、人のいない、見捨てられたような風景だった。覚えているのはユーカリ樹の立ち並ぶ原野、乾いた不毛な山、そして墓地である。一家は完全に孤立して暮らし、彼女は十歳まで学校に行くことができなかった。この事実はある程度「エル・スール」に反映しているようだ。同じインタビューで彼女は、当時のバダホスの雰囲気についてこう語っている。

それでもその地での暮らしは悪くありませんでした。ただし、そこには絶えず恐怖が存在しました。バダホスは弾圧が最も激しく、スペイン最悪の地だったのです。恐怖と危機感が常に存在し、それが幻想的な様相をまとうことさえありました。エストゥレマドゥーラはあらゆることから疎外された地方で、迷信も数多く残っています。人々は奇跡や悪魔の存在を信じています。

風景はほとんど何も語りません。それはないに等しかった。だから人は家に引きこもるしかなかったのです。

町の闘牛場で共和派の人々が大勢銃殺されるといったフランコ派による弾圧とその恐怖についても、アデライダは祖母から話を聞かされている。女性によって語り継がれるオーラルヒストリーの典型がここにあり、語り部としての、とりわけホラーストーリーの語り部としての才能がアデライダに受け継がれているであろうことは、彼女の作風から容易に想像される。この辺りは、ガルシア＝マルケスが『百年の孤独』の語り口を、祖母が迷信を現実として平然と語る口ぶりに倣ったというのと似ているかも知れない。アデライダの作品でも、迷信や悪魔の存在や超自然的なことは現実の一部であり、決して荒唐無稽なものとはとらえられていない。そうした要素は、彼女の子供時代の記憶に今もなお息づいているにちがいない。もっともガルシア＝マルケスに比べれば、アデライダの文体はシンプルだ。ただし、同じ表現や好みの単語を繰り返し使うことで、独特な雰囲気を感じさせる。

バダホスの次に彼女が住んだのはカナリア諸島のラス・パルマスで、閉ざされた島だからだろうか、この町での生活は彼女にとって必ずしも心地よいものではなかった。その後、両親の出身地であるセビーリャに移ると、彼女はこの「南（スール）」の都市が気に入る。だがより魅惑されたのは、アンダルシアの海岸だった。

やがて彼女は首都に出て、マドリード大学に入る。当時は世界的に見られた若者の反乱の動きに共振する形で、スペインでもフランコ独裁に反対する学生運動が盛んだった。キャンパスでは学生たちがスクラムを組んでデモを行っては、騎馬警官隊がそれを蹴散らすという光景がしばしば見られた。文化的にもラディカルな空気が漂い、若き闘牛士エル・コルドベスの、伝統に反逆する技、そこに現われた反抗精神が、ビートルズ同様多くの若いファンを生んだのはこの頃のことである。時代の空気に親しみながらも、アデライダは一方で、しだいに都市に恐怖を感じ始める。都市では悪魔はまた違った姿をしている上に、もっと恐ろしいものだと彼女は言っている。

> 都市では悪魔はとても見えやすいのです。大多数はインテリで、知的洗練の陰に隠れて、ある種の問題を忘れてしまっています。今、社会から落ちこぼれた人々や失業者について話すのは無邪気なことかも知れません。でも職場

を解雇されることは、多くの場合、死刑を宣告されるのに等しいのです。インテリは社会で闘うことを忘れています。

大学では哲文学部の哲学科に籍を置き、一九七〇年に卒業、続いて国立映画学校で脚本家コースを選択する。そしてこの時期にやはり映画学校にいた一九四〇年生まれのビクトル・エリセと知り合うのだ。フランコ政権末期とはいえ、検閲制度など、独裁制下の抑圧的メカニズムがまだ機能していた時期であり、これは想像だが、おそらくその空気と映画が、反逆的若者だった二人を結びつけたのだろう。

アデライダが脚本家になることを断念したのがいつかははっきりしないが、生活のために、様々な職業に就いている。中学校でスペイン語やスペイン文学を教え、アルジェリアでOPECの翻訳官として働き、またセビーリャの劇団エスペルペント一座の舞台やいくつかの短篇映画に女優として出演もしている。

ある略歴によると、彼女はその後そうした仕事を離れ、グラナダ郊外のシエラネバダ山中、ラス・アルプハラスの風光明媚な村カピレイラに五年間こもっている。すでに故人となってしまったが、その村に住み、彼女を知っていた日本人の画家、市村修氏の話では、家はあるアメリカ人から寄贈され、彼女とエリセはマドリードに住む一方、そこを別荘として使っていた。

いずれにせよ、中篇「エル・スール」は、一九八一年にこのラス・アルプハラスで執筆され、わずかひと月で完成している。「ベネ」のほうも、同じ年にラス・アルプハラスで執筆が開始され、一九八四年にマドリードで脱稿されている（実は一九八一年にもうひとつの作品「群島」を完成させているが、著作年譜には入っていないところを見ると、習作的作品と思われる）。また、その頃には二作目となる長篇、ラス・アルプハラスを舞台とする『セイレーンたちの沈黙』を書き上げ、同じく一九八五年に刊行している。

出版の糸口をつかんでからの彼女の活躍ぶりは目覚ましい。一九九〇年の『吸血鬼の論理』から二〇〇一年の『レヒーナの遺言』まで、長篇と中短篇集を合わせて十冊出しているのだ。この多産さは、スペインにおいては画期的と言える。というのも、この国では長い間、女性作家が恵まれた状況にあるとは言いがたかったからだ。

スペインの女性作家を取り巻く状況について、一瞥しておこう。一九世紀に孤軍奮闘したエミリア・パルド・バサンのような例外はあるが、スペインでは、女性は家庭に入るべきであるとするカトリックを基盤にした保守的な風土が、女性の教育や社会的活動の可能性を阻み、作家がプロとして活躍することを困難にしていた。さらに二〇世紀前半に起こった内戦により、ロサ・チャセルのような才能ある作家が亡命せざるをえなかったということもある。それでも戦後六年目にカルメン・ラフォレーが『ナダ（空しさ）』で新人の登竜門であるナダル賞を受賞する。かつて『何でもないの』というタイトルで邦訳されたことのある『ナダ』は、若い女性の目を通して戦後の荒廃した社会を活写したもので、その実存主義的な特徴からフランソワーズ・サガンの『悲しみよこんにちは』と比較されもする。これが刺激となり、それに続こうとする女性作家たちが現われる。たとえばアナ・マリア・マトゥーテのように、後にノーベル賞を受賞するカミロ・ホセ・セラの作風である凄絶主義に倣い、残酷さに焦点を当てる女性作家も登場する。しかし、全体的には、厳しい検閲の下で、女性が自らを解放することは困難であり、また女性の連帯という動きも見られず、彼女たちはそれぞれ孤立して書くしかなかったというのが実情である。

こうした状況が変化しだすのは、やはり一九七五年のフランコの死とそれにともなう民主化以後だろう。アングラ出身のペドロ・アルモドバルが第一線で活躍し、「ラ・モビーダ」と呼ばれる文化状況が生まれるのだ。麻薬が解禁されるなど厳しい規制が緩み出し、文化省映画総局長に映画監督でもあるピラール・ミロが就任するなど、女性の社会的進出の兆しが見え始め、文学界においてもアルムデナ・グランデスの、奔放な性を謳歌する女性を主人公とする小説『ルルの時代』が注目を浴びる。アデライダの登場もこうした女性の活躍の場が作られたことに負うところが大きいのは否めない。ただし、女性文学と言っても、何らかの潮流が存在するわけではなく、それぞれの作家が孤立しながら書いている状況は相変わらずである。「オール・アバウト・マイ・マザー」などの映画でアルモドバルが女性の連帯を訴え、映画「エル・スール」で十五歳のエストレリャを演じ、その後映画監督になったイシアル・ボリャンがフェミニズム映画を撮っているのは、根底に女性の孤立という問題があるからだろう。アデライダの場合、中篇が映画の原作となったことで出版の機会が訪れたわけで、その意味では幸運だったとも言える。とはいえ、活動が持続しない作家が多い中で、一九九〇年代に八冊の本を出していることは、彼女の力量を示すものだろう。ただ、二〇〇一年の『邪悪な物語』と『レヒーナの遺言』以降、その活動の様子が伝わってこないのがいささか気がかりではある。

アデライダの作品には閉ざされた空間のなかで展開するものが多い。その空間とはしばしば小さな村であり、そこに孤立して建つ家であるが、それは「境界」によって外界から仕切られている。さらにその家自体もまた部屋という下位の閉鎖空間を含んでいて、全体として入れ子のような構造になっているのが特徴だ。しかも部屋にはそれぞれ秘密がある。「エル・スール」では、父親の書斎は魔力の溜まる場所であり、一種の聖域として家族すら立ち入ることを許されない。それは心を閉ざした父親自身のイメージでもある。幼い頃のアドリアナ（映画ではエストレリャ）は父親に憧れ、自らその分身になることを願う。ある日父親が彼女を書斎に連れて行き、振り子の使い方の秘儀を伝授する。この密室で彼女は念願叶って魔法使いの弟子となるのだ。アドリアナ自身も「私だけの場所」を持っている。それは父親の手を借りて家の裏手に建てた小屋で、彼女にとっては外界から隔離された「安全な場所」なのだ。

アドリアナは母親よりも父親に惹かれている。北部出身の母親は、内戦で職を失なった元教師であり、信仰心はあり、カトリックの儀式には参加しているものの、おそらく共和派であっただろうし、進歩的な思想を持っていたと思われる。だが、母親の影は薄い。一方父親は、教会というもうひとつの閉鎖空間に普段足を踏み入れない。教会に対する夫婦のねじれた関係の謎は最後まで明かされず、アドリアナの父親への憧れも宙吊りにされたままだ。

ところで、映画を観た読者の興味をそそるのは、やはり小説の終盤で語られる、主人公の南への旅だろう。プロデューサー側の都合で、エリセが撮りたくても撮れなかった部分だ。この旅によって彼女は父親の別の顔を知り、自殺の謎を解明することになると同時に、少女自身が成長する。彼女の旅は、この小説にビルドゥングスロマン（教養小説）としての性格を付与していると言える。また、そこに地理的、文化的な北と南の和解というテーマを読み込むことも可能だろう。もっともそれはアデライダよりもエリセにいっそう親しいテーマではあるが。

エリセの作品は沈黙と静寂が際立っているが、「ミツバチのささやき」ではいっそう顕著なこの要素を、エリセは内戦後のスペインを特徴づける時代の空気と結びつけている。各家庭、とりわけ敗北した共和派の家庭は不在感に満ち、物事をおおっぴらに語ることができなかった。それを、フランコ独裁の家父長的体制によって強いられた現象と見ることもできるだろう。つまりエリセは、時空を超えた神話性を映画に導入する一方で、沈黙や静寂に歴史性を託してもいるのだ。

エリセの初期作品で、未公開のオムニバス映画のエピソードのひとつをなす「挑戦」（一九六九年）には、ヌーヴェル・ヴァーグやアメリカのニュー・シネマに通じる、社会や権力に対する反抗心が窺える。見方によれば、その反抗心は後の映画では登場人物、とりわけ少女に付与されているとも言える。だが、アデライダの小説を読むと、あとで述べるように、反抗的というより反逆的少女こそ彼女の作品世界の住人であることが分かる。つまりエリセは、小説の少女の反逆心をむしろ抑制した形で描いているのだ。

小説と映画では、セクシュアリティーの描き方も違っている。とりわけ映画では父と娘の関係にインセスト的な匂いがする。ところが、女性的視点によるアデライダの小説にこの匂いはあまり感じられない。冒頭から娘は父親と距離を置き、過去をノスタルジーよりもむしろ批判をこめて回想しているからだ。

映画「エル・スール」の冒頭に父親のアグスティンが失踪し、母親が大騒ぎする場面があるが、これは小説「ベネ」で、語り手であるアンヘラの兄、サンティアゴが失踪する場面と似ている。「ベネ」に見られる閉ざされた秘密の空間は父親の寝室であり、そこへ子供たちが入ることは禁じられている。その意味では「エル・スール」の場合と共通するが、ただし、ここは聖域とは異なり、父親と使用人の若い女性ベネが秘密の関係を持つ場であるらしい。息子のサンティアゴは事態に気づいているし、アンヘラは、禁止が含む意味内容を漠然と理解している。さらに作者が、「エル・スール」と違って楽しんで書けたというこのゴシッククロマンの味わいがする作品では、アドリアナの小屋と同様、「塔」の密室的な部屋が子供たちにとっての秘密の隠れ家であり、さらに、最後にはベネとともに引きこもった兄が死を迎える場所となるのだ。

「ベネ」のアンヘラもまた反逆的である。このような反逆性を作者のうちに見て、少女たちをアデライダの分身と考える批評家もいるほどだ。実際、「エル・スール」は自伝的要素の濃い作品であると作者自身認めていることを考慮すれば、あながち的はずれな論とも言えない。これらの少女たちの反逆は、単なる家庭でのそれを超え、保守的風土や権威主義に向けられている点で共通していることもアデライダの作品の特徴である。九〇年代に書かれた『アゲダ伯母さん』でも、主人公の少女は屋根裏部屋を見つけるが、これら閉ざされた部屋は登場人物たちの心の暗喩でもあるだろう。彼らの間にはドアのような仕切りがあり、それがコミュニケーションを阻んでいる。こうした本来不可視のものを、アデライダは可視化してみせるのに長けている。

悪と夢幻性――アデライダの作品世界

アデライダの他の作品にも触れておこう。

「エル・スール」を、父親の自殺の謎解きを軸としながら少女が成長していく物語と見るなら、十歳の少女が一年間の体験を通じて成長する様が、これも一人称で語られる長篇『アゲダ伯母さん』（一九九五年）も、やはりビルドゥングスロマン的と言えるだろう。『アゲダ伯母さん』のマルタもまた反逆的である。ただし、マルタの場合は従兄に刺激されて自分を解放していく。

母親が病死し、セビーリャで医者として働く父親と二人暮らしになった少女マルタが、ウエルバの田舎にある伯母の家に預けられる。保守的な伯母はこの姪が学校の友人たちと遊ぶことさえ快く思わず、徹底的に縛り付ける。ここでも閉ざされた家が舞台になっていて、マルタは絶えず解放されることを望んでいる。伯母夫婦は反りが悪く、伯母は夫の容態が悪くなったときに医者を呼ばず病死させてしまう。すると伯母は夫の亡霊を見るようになり、精神を病んだ挙げ句、今度は彼女を嫌っていた下女が故意に医者を呼ばなかったことにより病死する。こうした出来事を少女は、「ベネ」のアンヘラのように、ドアの陰で聞き耳を立てたり、ひそかに交わされる人声を聞いて知るのだ。一方、夫婦には一人息子ペドロがいて、寄宿学校に通っていたのだが、卑猥な落書きを咎められ退学処分になり、家から別の学校に通うようになる。マルタは夜、恐ろしさに耐えられなくなるとペドロのベッドに潜り込み、ここで淡い性の体験をする。だが、学校や家で義務としての祈禱を強いられるのを嫌う従兄は、伯母によって別の家に預けられてしまう。伯母が死ぬとマルタはセビーリャに戻るが、ペドロと再会することはなかった。

肉親や身内の人間の死とそれを巡る謎がアデライダの小説の核を成すことが多いが、『吸血鬼の論理』のように語り手が少女ではなく成人した女性であっても、このパターンは踏襲される。ストーリーを簡単に紹介すると、マドリードで暮らす語り手の女性「私」のもとに、兄ディエゴの死を知らせる電報がセビーリャから届く。送り主は兄の友人である。生地セビーリャに戻った「私」は、兄が住んでいた下宿に赴く。すると兄は生きていて、しばらく前に郊外の別荘に向かったことが分かる。下宿にはマーラという女子学生が住んでいて、彼女と兄の間に性的関係があることを「私」は勘で知る。マーラを兄に紹介したのは彼女の教師だったパブロで、電報を送ってきたのはこのパブロだった。しかし彼は精神を病んでいた。ここに謎めいた人物が登場する。下宿の主人である青年アルフォンソだ。彼もまたマーラと性的関係があるらしい。妻がいるにもかかわらず、「私」はこの人物の魅力に惹かれ始める。こうして複雑な人間関係が明らかになっていくのだが、「私」は兄の友人たちのなかで影響力を持っているのがアルフォンソであり、邪悪な能力を備えたこの男こそ周囲の人間の生気を奪う「吸血鬼」であることを見抜く。ようやく別荘に行ってみると兄は自殺していた。おそらくその死にはアルフォンソの影響があるのだろうが、やはり謎は完全には解けない。ここでも下宿という閉鎖的空間が舞台となり、別荘というもうひとつの閉ざされた空間が死を招く場所となっている。

「私」が探偵の役割を務めているとは言っても、『吸血鬼の論理』をミステリーと呼ぶことには無理があるのだが、アデライダの作品には決まってどこかミステリアスな雰囲気が漂っている。それは「エル・スール」のように、作中で超自然的な出来事が生じることによる。振り子で遺失物や水脈を当てることも、幻想としてではなく、実際に起きたこととして語られるのだ。前に述べたように、これにはおそらく、作者が幼少期に不可思議な話やホラーストーリーを聞かされたときの体験が基盤にあるのだろう。

ここでアデライダの作品のキーワードのひとつ、「悪」（mal）あるいは「邪悪」（perverso）ということに触れたい。たとえばロマの男性が重要な役割を果たす「ベネ」では、邪悪のイメージについて語られているし、『アゲダ伯母さん』では伯母のアゲダが息子のペドロのうちに「悪」を見る。『吸血鬼の論理』に登場するアルフォンソは、邪悪な能力を備えている。そのほかの作品でもほとんど例外なくこれらの言葉、mal, perversoが使われる。人の屍体を使って作品を創る悪魔的彫刻家が登場する長篇『邪悪な物語』（二〇〇一年）では、作品のタイトルにさえなっているのだ（ただし、perversoには「倒錯者」という意味もある）。これはどういうことだろう。この言葉には彼女の思想が示されているのではないだろうか。先に引用した彼女の言葉のなかに「悪魔」（demonio）という言葉が使われている。それは我々が悪魔でもありうることを意味していると受けとめられる。幼いアドリアナは決して無邪気ではない。彼女は友だちのマリニエベスとジャンヌ・ダルクごっこをしていて、自分がその役を演じられない腹いせに、友だちに危険が及ぶのを知りながら、薪に火をつける。このとき彼女に邪悪な気持ちがあったことは否定できないだろう。語り手の「私」は、「母さんの視線を浴びると私の裡で」悪魔が「頭をもたげる」と言っているのだ。「私」は自分の資質を父親から受け継いでいると考え、「私たちに共通するのが悪という要素であることによっても、あなたと私は一心同体という気がしていました」と語る。このような考え方を、カトリック文化から受け継いだ善悪二元論の一種と見ることもできるだろう。だが、アデライダの場合、悪魔に神を対置しているわけではない。神を信じるアゲダ伯母さんも、伯父を見放すとき邪悪な心に突き動かされていたはずなのだ。彼女の小説は、両親との関係などに見られるように、絶えずトラウマ的なものを感じさせるが、悪や悪魔もそうしたトラウマと関係のある固着した観念なのだろうか。だとすれば、彼女にとって書くことは、一種の悪魔祓いを意味することになるだろう。ここで答を出すことはできないが、興味をそそられる問題である。

他の作品に目を転じると、『セイレーンたちの沈黙』（一九八五年）では、よその土地からラス・アルプハラスに赴任してきた小学校の女性教師が、そこに住む女性とバルセロナの男との空間を超えた恋について語る。もっともそれは魔法による夢らしいのだが、読者は夢と現の間を漂うような、不思議な感覚を味わうことになる。

ロドリゴ・ガルシア監督の映画「彼女を見ればわかること」を思わせる連作短篇集『孤独な女たち』（一九九六年）では、離婚や別離を経験し、夫婦の倦怠期を迎えた中年女性たちのエピソードが三人称で語られるとともに、子供の視点にともなう主観性が消え、客観的視点が支配的となっている。アデライダの小説も、彼女自身が年齢を重ねるにつれ、登場人物や語り手の年齢が高くなる。そして舞台は一見超自然的なことが起きそうもないセビーリャやマドリードの都会に設定されている。にもかかわらず、集中最後の短篇「見知らぬ女」では、マドリードのレティーロ公園を散歩する四十六歳の女性エリサが、不思議な体験をする。彼女は芝生に腰を下ろしていた六十歳くらいの女性エルネシータに呼び止められる。後者は何かしてほしいことはないかと、無償の助力を申し出る。その後、エリサは再会したエルネシータから自分に六人の戦死した兵士の霊が憑いていたことを教えられるのだ。このエルネシータの人物設定は、「エル・スール」に出てくるエミリアのそれに通じるところがある。エリサは不可視の世界を信じなかったが、エルネシータと会話を交わすうちに、自分の住む日常的世界に穴が開きだすのを感じる。やがてエルネシータがとくに重い病気に罹っていたわけでもないのに死ぬ。彼女は漠とした追憶に駆られてレティーロ公園に行く。すると、かつてエルネシータがいた場所に彼女が座っているのを見るのだ。彼女はそれを陽光の具合による幻影と考える。語り手は次のように言う。

しかしそれは、エルネシータがしばしばエリサに、あの触知不可能な世界について語って聞かせた数々の記憶を甦らせるのに十分だった。もっともその世界が、彼女の手強い懐疑主義を揺り動かすことは一度もなかった。にもかかわらず彼女にとって、エルネシータの言葉のなかにのみ存在し、現実性を獲得する、途方もない話にじっと耳を傾けている少女の気分になることは、とても魅力的だった。

これは作者が成熟し、合理の世界の住人となりながらも、物語を子供のように無邪気に聞くことができるということを意味してはいないだろうか。それはとりもなおさず自分の語る話を子供のように無邪気に聞いてほしいという、作者のメッセージでもあるだろう。

*

劇書房の長峯英子さんから本書の翻訳を打診されたのは、私が国立に住んでいた頃だ。彼女の期待に応えるべく、当時英語圏以外の文化にも積極的にページを割いていた雑誌『翻訳の世界』が毎号行っていた翻訳コンクールの課題に、本書の一節を使ってきっかけにしようとしたこともあった。一九八九年のことだ。だがそれきりになってしまい、完成したらカピレイラに行こうという約束も果たせなかった。その山間の村では画家の市村修さんが、私たちが訪れるのを待っていてくれたのだ。あれから長い月日が経ってしまい、市村さんは亡くなってしまった。本書の刊行を、「エル・スール」を含むエリセのDVDボックスが紀伊國屋書店から発売されたことと併せて伝えられないのがとても残念だ。

ところで、本書を出してくれることになったインスクリプトは、『翻訳の世界』がそのコンクールを行っていたときに編集長を務めていた丸山哲郎さんが設立した出版社である。ここから翻訳が出ることになったのは、決して偶然ではない。しかも第一稿を作ってくれたのが、コンクールに応募した熊倉靖子さんというのも不思議な縁である。

翻訳の底本には、Adelaida García Morales, *El Sur seguido de Bene*, Editorial Anagrama, Barcelona, 1985を用いた。ただし出版の都合上、著者の許可を得て、「ベネ」は割愛した。なお、とくに参照はしなかったが、英語版、Adelaida García Morales (tr. Sarah Marsh), *The South and Bene*, Carcanet Press, Manchester, 1992; Adelaida García Morales (tr. Thomas G. Deveny), *The South and Bene*, University of Nebraska Press, Lincoln and London, 1999および仏語版、Adelaida García Morales (tr. Claude Bleton), *El Sur suivi de L'histoire de Béné*, Éditions Stock, Paris, 1988を手許に置いた。

も痛ましい物語――ガルシア＝マルケス中短篇傑作選』（河出書房新社、2019／『ガルシア＝マルケス中短篇傑作選』と改題して河出文庫、2022）、マヌエル・プイグ『蜘蛛女のキス』（集英社、1983／集英社文庫、2011）、『赤い唇』（〈集英社ギャラリー［世界の文学］〉19、1990／集英社文庫、1994）、『蜘蛛女のキス』（戯曲、劇書房、1994）、『南国に日は落ちて』（集英社、1996）、アルフレード・ブライス＝エチェニケ『幾たびもペドロ』（〈ラテンアメリカの文学〉18、集英社、1983）、「パラカスでジミーと」（短篇、〈集英社ギャラリー［世界の文学］〉19、1990）、アンドレス・オメロ・アタナシウ「時間」（短篇、同前書）、オクタビオ・パス「青い目の花束」「見知らぬふたりへの手紙」（短篇、『ラテンアメリカ五人集』集英社文庫、1995。のち改訳、後者は改題「正体不明の二人への手紙」2011）、『鷲か太陽か？』（書肆山田、2003／岩波文庫、2024）、セネル・パス『苺とチョコレート』（集英社、1994）、ホルヘ・ルイス・ボルヘス『七つの夜』（みすず書房、1997／岩波文庫、2011）、「バベルの図書館」（短篇、雑誌『MONKEY』vol. 31、スイッチ・パブリッシング、2023）、マリオ・バルガス＝リョサ『フリアとシナリオライター』（〈文学の冒険〉、国書刊行会、2004／河出文庫、2023）、『ケルト人の夢』（岩波書店、2021）、パブロ・ネルーダ『マチュピチュの頂』（書肆山田、2004）、フリオ・コルタサル『愛しのグレンダ』（岩波書店、2008）、アンヘル・エステバン、ステファニー・パニチェリ『絆と権力――ガルシア＝マルケスとカストロ』（新潮社、2010）、エドムンド・デスノエス『低開発の記憶』（白水社、2011）、ロベルト・ボラーニョ『アメリカ大陸のナチ文学』（白水社、2015）、『チリ夜想曲』（白水社、2017）、セルバンテス「ドン・キホーテ」（抄訳）他（編訳〈ポケットマスターピース13 セルバンテス〉集英社文庫ヘリテージシリーズ、2016）、ガルシア＝マルケス、バルガス＝リョサ他『20世紀ラテンアメリカ短篇選』（編訳、岩波文庫、2019）等がある。

共訳書　グスターボ・アドルフォ・ベッケル『スペイン伝奇作品集』（創土社、1977）、「緑の瞳」（共編訳『悪魔にもらった眼鏡』名古屋外国語大学出版会、2019）、ジョルジュ・シャルボニエ『ボルヘスとの対話』（国書刊行会、1978）、マリオ・バルガス＝リョサ『子犬たち・ボスたち』（〈ラテンアメリカ文学叢書〉7、国書刊行会、1978）、『ラ・カテドラルでの対話』（〈ラテンアメリカの文学〉17、集英社、1984）、ホセ・ドノソ『隣の庭』（〈ラテンアメリカ文学選集〉15、現代企画室、1996）、カミロ・ホセ・セラ『サッカーと11の寓話』（朝日新聞社、1997）、アグスティン・サンチェス・ビダル『ブニュエル、ロルカ、ダリ』（白水社、1998）、マヌエル・リバス『蝶の舌』（角川書店、2001）、ガブリエル・ガルシア＝マルケス『十二の遍歴の物語』（新潮社、2008）、ロベルト・ボラーニョ『2666』（白水社、2012）他がある。

熊倉靖子（Kumakura Yasuko）
栃木県真岡市生まれ。清泉女子大学大学院修士課程修了。翻訳家。スペイン語圏における幻想文学分野を研究テーマとする。

訳書　マヌエル・リバス『蝶の舌』（共訳、角川書店、2001）

［著者］

アデライダ・ガルシア＝モラレス

（Adelaida García Morales）

1945年、スペイン、バダホスに生まれる。その後セビーリャに移り、1970年、マドリード大哲文学部哲学科を卒業。国立映画学校で脚本を学んだ後、中学校の教師、女優などを経て、1985年、第一作*El Sur* seguido de *Bene*（『エル・スール／ベネ』）をアナグラマ社から刊行。同年に刊行した*El silencio de las sirenas*（『セイレーンたちの沈黙』）では、エラルデ小説賞を受賞。90年代に多産な執筆活動を展開し、今世紀に入っても新作の発表を続けた。2023年没。

作品

El Sur seguido de *Bene*, 1985（『エル・スール／ベネ』、本書）
El silencio de las sirenas, 1985（『セイレーンたちの沈黙』）
La lógica del vampiro, 1990（『吸血鬼の論理』）
Las mujeres de Héctor, 1994（『エクトルの女たち』）
La tía Águeda, 1995（『アゲダ叔母さん』）
Nasmiya, 1996（『ナスミヤ』）
Mujeres solas, 1996（『孤独な女たち』）
La señorita Medina, 1997（『メディナ嬢』）
Accidente, 1997（『出来事』）
El secreto de Elisa, 1999（『エリサの秘密』）
Una historia perversa, 2001（『邪悪な物語』）
El testamento de Regina, 2001（『レヒーナの遺言』）

［訳者］

野谷文昭（Noya Fumiaki）

1948年、神奈川県川崎市生まれ。スペイン・ラテンアメリカ文学研究者、翻訳家。東京大学、名古屋外国語大学、立教大学名誉教授。

著書　『ラテンアメリカ文学案内』（共編著、冬樹社、1984）、『越境するラテンアメリカ』（パルコ出版、1989）、『ラテンにキスせよ』（自由国民社、1994）、『世界×現在×文学――作家ファイル』（共編著、国書刊行会、1996）、『マイノリティは創造する』（共編著、せりか書房、2001）、『マジカル・ラテン・ミステリー・ツアー』（五柳書院、2003）、『ラテンアメリカン・ラプソディ』（五柳書院、2023）他。

訳書　ガブリエル・ガルシア＝マルケス『予告された殺人の記録』（新潮社、1983／新潮文庫、1997）、『純真なエレンディラと邪悪な祖母の信じがたく

エル・スール　新装版

［著者］
アデライダ・ガルシア＝モラレス

［訳者］
野谷文昭・熊倉靖子

2009年2月18日　初版第1刷発行
2024年4月10日　新装版第1刷発行

［装幀］
間村俊一

［発行者］
丸山哲郎

［発行所］
株式会社インスクリプト
〒102-0074 東京都千代田区九段南2丁目2-8
TEL: 042-641-1286　FAX: 042-657-8123
info@inscript.co.jp
http://www.inscript.co.jp

［印刷・製本］
株式会社厚徳社

ISBN978-4-86784-005-4
Printed in JAPAN
©2024 Fumiaki NOYA & Yasuko KUMAKURA

落丁・乱丁本はお取り替えいたします。
定価はカバー・帯に表示してあります。

インスクリプトの海外小説　（価格は税抜）

真っ白いスカンクたちの館

レイナルド・アレナス 著／安藤哲行 訳

『夜明け前のセレスティーノ』に続く〈ペンタゴニア〉五部作の第二。
パワフルな言葉が紡ぎだすめくるめく小説世界。

四六判上製492頁｜3,500円｜ISBN978-4-86784-003-0

ビルヒリオ・ピニェーラ全短篇集［仮題］ 2024年刊

ビルヒリオ・ピニェーラ 著／久野量一 訳

レイナルド・アレナスの文学的盟友、ピニェーラの全短篇収録。
奇抜・奇妙、類を見ないそのクールな小説世界を一冊に。

四六判上製880頁［予定］｜予価5,800円｜ISBN978-4-900997-87-5

第四世紀

エドゥアール・グリッサン 著／管啓次郎 訳

奴隷船でマルティニック島に運ばれた二つの家系を軸に、
六代にわたる年代記が描くアフロ=クレオールの歴史。

四六判上製400頁｜3,800円｜ISBN978-4-900997-52-3

オデッサの花嫁

エドガルド・コサリンスキイ 著／飯島みどり 訳

20世紀の苦難を背負い欧州を逃れんとする人々を描いて、
ブエノスアイレスの映画作家が還暦からの新生を遂げた短篇集。

四六判上製272頁｜3,000円｜ISBN978-4-900997-90-5